双葉文庫

知らぬが半兵衛手控帖

迷い猫

藤井邦夫

目次

迷い猫　知らぬが半兵衛手控帖

江戸町奉行所には、与力二十五騎、同心百二十人がおり、南北合わせて三百人ほどの人数がいた。その中で捕物・刑事事件を扱う同心は所謂《いわゆる》〝三廻り同心〟と云い、各奉行所に定町廻り同心六名、臨時廻り同心六名、隠密廻り同心二名とされていた。

臨時廻り同心は、定町廻り同心の予備隊的存在だが職務は全く同じである。そして、定町廻り同心を長年勤めた者がなり、指導、相談に応じる先輩格でもあった。

第一話　裏の裏

一

人々を酔わせた桜の花も散り、世間はようやく落ち着きを取り戻した。
雨戸を開けると、朝の日差しが座敷に満ち溢《あふ》れた。
北町奉行所臨時廻り同心の白縫半兵衛《しらぬいはんべえ》は、手拭と房楊枝《ふさようじ》を手にして井戸端に向かった。
井戸水は僅《わず》かに温《ぬく》み、春の終わりを教えてくれた。
半兵衛は、房楊枝で歯を磨いて顔を洗った。
廻り髪結の房吉《ふさきち》が、鬢盥《びんだらい》を提《さ》げて木戸から入って来た。
「お早うございます、旦那」
房吉は、井戸端で顔を洗っている半兵衛に気付いた。

「やあ、房吉……」

「もう、お目覚めでしたか」

「うん。歳のせいか早く眼が覚めてね」

半兵衛は苦笑し、濡れた顔を拭った。

房吉は濡縁《ぬれえん》に半兵衛の〝日髪日剃《ひがみひぞり》〟の仕度をした。

「旦那、よろしかったら、どうぞ」

「うん……」

顔を洗った半兵衛は、濡縁に座った。房吉は、半兵衛の髷《まげ》の元結《もとゆい》を切って髪をほぐした。

毎朝、与力・同心たちの許には、馴染《なじ》みの廻り髪結が訪れて月代《さかやき》を剃って髷を結い直す。半兵衛は、心地良さそうに眼を閉じて〝日髪日剃〟の一時《いっとき》を過ごす。

「旦那、房吉の兄貴。お早うございます」

岡っ引の本湊《ほんみなと》の半次《はんじ》が、目刺《めざ》しを持って入って来た。

「おう。お早う……」

「目刺しを買って来ました。朝飯の仕度をします」

「うん。よろしく頼むよ」

半次は、勝手の知った組屋敷の台所に向かった。

半兵衛の〝日髮日剃〟は、朝陽を浴びて続いた。

一片の桜の花びらが、ようやく散り時が過ぎたのに気付いて舞い散った。


廻り髪結の房吉が朝飯を食べて帰り、辰《たつ》の刻五つ半（午前九時）が過ぎた。

「旦那、そろそろ御番所に行く刻限ですぜ」

「うん……」

町奉行所の与力・同心の出勤時刻は、巳《み》の刻四つ（午前十時）だ。半兵衛と半次は、組屋敷の戸締りをして木戸門に向かった。隣の組屋敷に住む神代新吾《かみしろしんご》が、木戸門の向こうを足早に通り過ぎて行った。

「あっ、新吾の旦那……」

半兵衛と半次は木戸門を出た。

新吾は、半兵衛や半次に気付かず足早に去って行った。

「白縫さま……」

新吾の母親の菊枝《きくえ》が、隣の神代家の組屋敷の木戸門の前にいた。おそらく、出仕する新吾を見送っていたのだ。

「これは母上、お早うございます」

「あの……」

菊枝は、躊躇《ためら》い勝ちな眼差しを向けた。

「どうかしましたか……」

半兵衛は戸惑った。

「は、はい。実は新吾の事なのでございますが、少々心配な事がありまして……」

菊枝は、思い切ったように云った。

「心配な事……」

半兵衛は眉をひそめた。

「はい」

菊枝は、半兵衛に縋《すが》る眼差しを向けて頷《うなず》いた。

「旦那。じゃあ、あっしはお先に……」

半次は、控え目に声を掛けた。

「そうか半次。じゃあ、先にな……」

半兵衛は、新吾が立ち去った方を一瞥《いちべつ》した。

「はい。じゃあ奥さま、ご無礼致しやす」

半次は頷き、菊枝に挨拶をした。

「申し訳ありません。半次さん」

菊枝は、半次に詫《わ》びた。

「いえ。じゃあ旦那」

「頼む……」

半兵衛は頷いた。

半次は、小走りに新吾を追った。

「白縫さま、ここでは何ですので……」

「はい」

半兵衛は、菊枝に続いて神代家の木戸門を潜った。


茶は美味《うま》そうな香りを漂わせた。

「戴きます」

半兵衛は濡縁に腰掛け、菊枝の淹《い》れてくれた茶を啜《すす》った。

「美味い……」

半兵衛は笑った。

「畏《おそ》れ入ります」

菊枝は、強張《こわば》った顔にようやく微かな笑みを浮かべた。

「それで母上、新吾の心配事とは何ですか」

「それが白縫さま。新吾、何やら得体《えたい》の知れぬ女に関わっているようなのです」

「得体の知れぬ女……」

半兵衛は戸惑った。

今まで新吾に浮いた話はなかった。母親を大事にし、北町奉行所養生所廻り同心として真面目《まじめ》に勤めていた。そんな新吾が、得体の知れぬ女と関わっている。

半兵衛は、俄《にわ》かに信じられなかった。

「はい。桐箱に入った銀簪《ぎんかんざし》を隠し持ち、時々甘い香りを漂わせて夜遅く帰って来るようになって……」

「その事、新吾に問い質《ただ》しましたか」

「はい……」

「で、新吾は何と……」

半兵衛は身を乗り出した。

「怒り、この母には関わりないと……」

菊枝は滲《にじ》む涙を拭った。


日本橋は賑《にぎ》わっていた。

半次は、楓川《もみじがわ》に架かる海賊橋《かいぞくばし》で神代新吾に追いついた。

新吾は、日本橋川に架かる日本橋に向かった。

半次は戸惑った。

北町奉行所に出仕するのなら、日本橋の手前を西に真っ直ぐ進まなくてはならない。だが、新吾は北に折れ、日本橋に向かった。

北町奉行所に寄らず、小石川《こいしかわ》の養生所に真っ直ぐ行くのか……。

半次は、戸惑いながら日本橋を渡って行く新吾を尾行した。

新吾は、日本橋から神田八ツ小路《かんだやつこうじ》に出て神田川に架かる筋違御門《すじかいごもん》を渡り、下谷《したや》御成街道《おなりかいどう》を下谷広小路に向かった。

半次は戸惑った。

小石川養生所に行くのなら、神田川沿いを小石川御門に向かい、御三家水戸《みと》藩江戸上屋敷の脇を進むはずなのだ。だが、新吾は下谷広小路に向かっている。

養生所に行かず、何処《どこ》に行こうとしているのだ……。

半次は微かに緊張した。

下谷広小路も賑わっていた。

新吾は雑踏を抜け、上野元黒門町《うえのもとくろもんちょう》の裏通りに入った。

新吾は、裏通りの外れにある古い長屋の奥の家の戸を叩いた。

半次は、木戸口の陰に潜んで見守った。

長屋の奥の家の戸が開き、若い女が出て来た。

「新吾さま……」

「おかよ、とりあえずこの金を使ってくれ」

新吾は、おかよに懐紙《かいし》で包んだ金子《きんす》を握らせた。

「いけません、新吾さま……」

おかよは、慌てて懐紙に包まれた金子を押し返した。

「いいから取っておけ」

新吾は、懐紙に包んだ金子をおかよに押し付け、小走りに駆け去った。

「新吾さま……」

おかよは吐息を洩らし、懐紙に包まれた金子を握り締めて家に戻った。

「新吾の旦那……」

半次は、眉をひそめて見送った。

おかよと新吾……。

どのような関わりなのだ……。

半次は、思わぬ成り行きに戸惑わずにいられなかった。


北町奉行所の同心詰所は、同心たちが出払っていて薄暗く静かだった。

半兵衛は、大囲炉裏《おおいろり》の傍で出涸《でが》らしの番茶を啜った。

新吾は、得体の知れぬ女と関わりを持って何かをしている。そして、それは新吾の身に災いを及ぼすかもしれない。母親の菊枝は、一人息子の新吾の身を案じ、半兵衛に相談した。

半兵衛が妻と子を亡くした時、死んだ新吾の父親と菊枝には随分と世話になった。

放って置くわけにはいかない……。

半兵衛は、新吾を追った半次が戻るのを待つしかなかった。

戸口が開き、小者《こもの》の平助《へいすけ》が覗き込んだ。

「これは白縫さま……」

平助は、嬉しげに顔をほころばせた。

「どうした、平助」

半兵衛は怪訝《けげん》に尋ねた。

「はい。大久保《おおくぼ》さまがお待ちかねです」

「大久保さまが……」

半兵衛は眉をひそめた。

大久保忠左衛門《ちゅうざえもん》は、北町奉行所吟味与力で半兵衛の上役だった。

「はい。半兵衛はまだかと先程からお待ちかねにございます。大久保さまの御用部屋にお急ぎ下さい」

「分かった」

半兵衛はのんびりと茶を啜った。

「お願いにございます、白縫さま……」

平助は、困り果てたように哀願した。おそらく半兵衛はまだかと、気の短い大久保忠左衛門に責め立てられて閉口しているのだ。

「案ずるな平助。今、行くさ」

半兵衛は苦笑し、番茶を飲み干して立ち上がった。

吟味与力・大久保忠左衛門の用部屋は、眩《まぶ》しいほどの日差しに溢れていた。

「遅い」

忠左衛門は白髪頭を振り、細い首を筋張らせて半兵衛を迎えた。

「申し訳ありません」

半兵衛は詫びた。

「出仕の刻限はとうに過ぎている。本来なら役目不行届きで謹慎処分だ」

「お詫びの言葉もございません。それでは直ちに謹慎を致します」

半兵衛は平伏した。

「おのれ半兵衛。それには及ばぬ」

忠左衛門は、苛立たしげに怒鳴った。

「はあ……」

半兵衛は、平伏したまま苦笑した。

忠左衛門は冷えた茶を呷《あお》り、懸命に苛立ちを抑えているようだ。

半兵衛は、忠左衛門が落ち着くのを待った。

忠左衛門は、大きな溜息をついて咳払いをした。

「実はな、半兵衛……」

忠左衛門は声を潜めて身を乗り出した。

「はい……」

半兵衛は、僅かに仰《の》け反《ぞ》った。

「盗賊天狗《てんぐ》の仙蔵《せんぞう》が現れたようだ」

仙蔵は声音に厳しさを滲《にじ》ませた。

「天狗の仙蔵が……」

半兵衛は眉をひそめた。

天狗の仙蔵は、大名旗本だけを狙う盗賊であり、小判だけではなく先祖伝来の家宝なども盗み取った。武家は盗賊に忍び込まれ、金や家宝を盗まれたのを家の恥辱として隠し、目付《めつけ》や町奉行所に訴える事はなかった。だが、奉公人や渡り中間《ちゅうげん》などから事の次第は洩れ、世間や半兵衛たち町奉行所の知るところとなった。そして、忠左衛門と半兵衛は、密かに探索を始めた。

「左様、五年ぶりだな。天狗の名を聞くのは」

忠左衛門は頷いた。

「はい……」

天狗の仙蔵は、五年前に駿河台小川町《するがだいおがわまち》の三千五百石取りの旗本・松岡兵部《まつおかひょうぶ》の屋敷に忍び込み、百両と家宝の神君家康《しんくんいえやす》公拝領の印籠《いんろう》を盗み取ったとされている。しかし、旗本・松岡家は、天狗の仙蔵に忍び込まれた事を否定した。それ以来、天狗の仙蔵の消息は途絶え、半兵衛の探索も頓挫《とんざ》した。そして、五年が過ぎていた。

その天狗の仙蔵が江戸にいた……。

「して、天狗は何処《いずこ》に……」

半兵衛は身を乗り出した。

「それが、両国広小路にいたそうだ」

「両国広小路……」

「うむ。十徳《じっとく》を着て茶の宗匠のような姿でな」

「で、広小路から何処に……」

「それが、雑踏に見失った」

忠左衛門は白髪眉を曇らせた。

「ならば、仙蔵を見掛けたのは誰です……」

「広小路で露店を出していた香具師《やし》の梅次《うめじ》だ」

「香具師の梅次……」

梅次は、関八州《かんはっしゅう》の神社や寺の縁日・祭礼を渡り歩いている香具師であり、その昔は仙蔵の手伝いをした事もあったという老爺だ。

「うむ。小遣い銭欲しさに報せて来おった」

「梅次は今でも両国広小路で商いをしているのですか」

「おそらくな……」

「分かりました。先ずは梅次を探してみます」

「頼むぞ、半兵衛」

忠左衛門は、細い首の筋を伸ばして半兵衛を見送った。


半兵衛は、北町奉行所の表門を出ようとした。

「半兵衛の旦那……」

鶴次郎《つるじろう》が、表門脇の腰掛から緋牡丹《ひぼたん》の絵柄の半纏《はんてん》を翻《ひるがえ》して近づいて来た。

「やあ、鶴次郎……」

「遅くなりました」

役者崩れの鶴次郎は、半次と幼馴染みであり、半兵衛の手先を務めていた。

「いや。丁度良かった。一緒に来てくれ」

「はあ。あの、半次は……」

「話は歩きながらだ」

半兵衛は、鶴次郎を促して両国広小路に急いだ。


上野元黒門町の裏通りの長屋に住んでいるのは、浪人の乾《いぬい》弥《や》十郎《じゅうろう》と娘のかよの父娘だった。

「いつから暮らしているんですかい」

半次は、元黒門町の自身番の店番に尋ねた。

「そうですね、五年前からですか……」

店番は、町内人別帳を見ながら答えた。

「五年前ね。父親の弥十郎さん、根っからの浪人なんですかね」

「さあ、そいつは良く分かりませんねえ」

店番は首を捻《ひね》った。

「長屋に入る請《う》け人《にん》は誰になっています」

「ええと……」

店番は、町内人別帳を眼で追った。〝請け人〟とは、長屋に入居する時の身許保証人であり、いなければ家を借りる事は出来なかった。満足な〝請け人〟のいない者は、寺の住職に金で頼むしかなかった。

「請け人は、入谷《いりや》正昌寺の住職の良念《りょうねん》さまになっていますね」

店番は、乾が金で〝請け人〟になって貰ったと睨《にら》んで苦笑した。

「入谷正昌寺の良念さまか……」

「ええ……」

もし金で頼まれたとしても、乾の経歴の大筋は聞いているはずだ。

半次は入谷正昌寺に向かった。

両国広小路には、見世物小屋や露店が軒を連ね、大勢の人が行き交っていた。

半兵衛は、鶴次郎と共に香具師の梅次を探した。だが、梅次は何処にもいなかった。半兵衛と鶴次郎は、連なる露店の者たちや地廻りに聞き込みを掛けた。

「梅次の父っつぁんなら、常陸《ひたち》から上州《じょうしゅう》に商いに行きましたよ」

両国広小路の露店を取り仕切っている地廻りが、半兵衛と鶴次郎に告げた。

「旦那、遅かったようですね」

鶴次郎は肩を落とした。

「うん。仕方がないな」

「どうします」

「狙いは天狗の仙蔵だ。よし、笹舟《ささぶね》に行ってみるか」

「そいつがいいでしょうね」

半兵衛と鶴次郎は、広小路の雑踏を柳橋に向かった。

柳橋は両国広小路を抜け、神田川に出た処に架かっている橋だ。そして、柳橋を渡った処に船宿『笹舟』はあった。船宿『笹舟』の主《あるじ》は、半兵衛たちが懇意《こんい》にしている岡っ引の弥平次《やへいじ》だった。

「邪魔するよ」

半兵衛と鶴次郎は、船宿『笹舟』の暖簾《のれん》を潜った。

「いらっしゃいませ」

帳場にいた養女のお糸《いと》が迎えた。

「あっ、半兵衛の旦那に鶴次郎さん」

お糸は、二人に気付いて顔をほころばせた。

「やあ。お糸、親分はいるかな」

半兵衛は微笑《ほほえ》んだ。


天狗の仙蔵……。

柳橋の弥平次は眉をひそめた。

「うん。それで見掛けた香具師の梅次に詳しく聞こうと思ったんだがね」

「そいつは残念でしたね」

「うん……」

半兵衛は茶を啜った。

「分かりました。天狗の仙蔵の顔は、あっしも良く知りませんが、十徳姿の年寄りを探して見ますよ」

「そうしてくれるか」

「はい。雲海坊《うんかいぼう》と由松《よしまつ》を広小路に張り付けます」

「そいつは良かった。旦那、あっしも一緒に天狗の仙蔵を探しますよ」

鶴次郎は張り切った。

「うん」

半兵衛は頷いた。

「親分、何分にもよろしくお願いします」

鶴次郎は弥平次に礼を述べた。

「いや。旦那のお役に立てればいいんだが、それにしても天狗の仙蔵とはね」

弥平次は面白そうに笑った。

「大名旗本の屋敷だけを狙う盗賊。是非一度、お目に掛かりたいもんだよ」

半兵衛も楽しげに笑った。

二

入谷正昌寺は、鬼子母神《きしもじん》で名高い真源院《しんげんいん》の近くにあった。

半次は、正昌寺を訪れて住職の良念に逢った。

「乾弥十郎どのですか……」

良念は眉をひそめた。

「はい」

半次は頷いた。

「弥十郎どの、何か仕出かしたのかな」

良念は、探る眼差しを半次に向けた。

「いえ……」

「では何故《なにゆえ》に……」

「実は、あっしの知り合いの旦那が、乾さまのお嬢さんに岡惚《おかぼ》れしちまったようで……」

半次は苦笑した。

「成る程、お前さんも大変だな」

良念は人の好い笑みを浮かべた。

「はい……」

「乾弥十郎どのは、先祖代々のうちの檀家《だんか》でな。元は大身旗本家の家来だ」

良念は昔を思い出した。

「大身旗本の御家来だったのですか」

「左様。そいつが数年前、いきなり暇を出され、行く処もなくて困っていたので、拙僧が元黒門町の長屋の大家に口を利き、請け人になったのだ」

良念は、檀家の請け人になったのであり、金が目当てではなかった。

「それでご住職さま、乾さまはどちらのお旗本の御家来だったのですか」

「それは申せぬ」

良念は苦笑して断った。

「教えて戴けないので……」

「うむ。弥十郎どのに固く口止めされていてな。ま、武士としていろいろあるのだろう」

「そうですか……」

十手を振りかざしての無理押しは禁物だ。

今日はこれまでだ……。

半次は、引き下がる事にした。

「いえ。いろいろご造作をお掛け致しました。お蔭で助かりました」

「ま、いずれにしろ乾弥十郎どのは文武に優れた剛直な武士。おかよさんも武家の妻には申し分なかろう」

「はい。知り合いの旦那には、そうお伝えします。じゃあ、ご免なすって……」

半次は良念に挨拶をし、入谷正昌寺の山門を出た。

陽は西に僅かに傾き、鬼子母神の境内には遊ぶ子供たちの声が溢れていた。

半兵衛の旦那が待っている……。

半次は北町奉行所に急いだ。


昼下がりの駿河台小川町の武家屋敷街は静まり返っていた。

半兵衛は、旗本・松岡兵部の屋敷を眺めた。松岡家は表門を閉め、人の出入りもなかった。だが、表門脇の武者窓から外を見張っている人の気配が窺《うかが》えた。

五年前、松岡家の主の兵部は、天狗の仙蔵に屋敷に忍び込まれ、金と家宝を奪われたのを秘密裏に始末しようとした。しかし、雇っていた渡り中間から事は洩れ、世間に広がった。兵部は必死に否定した。だが、否定すればする程、天狗の仙蔵に押し込まれた事は真実味を帯びていった。

盗賊に忍び込まれ、祖先が神君家康公から拝領した家宝の印籠を奪われたとなると、武家の恥辱では済まぬ失態であり、家名断絶の上切腹を命じられても不思議はない。松岡兵部は、身を謹んで必死に家を護《まも》った。松岡家は辛うじてお咎《とが》めを免れた。

以来、松岡家は門を閉じて警備を固め、渡り中間を雇うのを止めた。

下手《へた》には動けない……。

半兵衛は苦笑した。

斜向《はすむ》かいの屋敷の裏手から、棒手振《ぼてふ》りの魚屋が出て来て内堀に向かった。

半兵衛は追った。


内堀の岸辺は初夏の日差しに溢れ、野花が咲き始めていた。

半兵衛は、棒手振りの魚屋を呼び止めた。

「へい……」

魚屋は、半兵衛に怪訝な眼を向けた。

半兵衛は、魚屋に松岡家に出入りを許されているかどうかを尋ねた。

「へい。お許しを戴いておりますが……」

魚屋は不安げに告げた。

「出入りを始めて長いのかい」

「もう十年ぐらいになりますか……」

「じゃあ、五年前の盗賊騒ぎも知っているね」

「へい……」

魚屋は頷いた。

「あの騒ぎ以来、お出入りのお許しが厳しくなりましてね。今でもお殿さまと御家来衆はぴりぴりしていますぜ」

「今でもか……」

「ええ……」

「だったら、五年前はもっと凄かったんだろうな」

「そりゃあもう。あっしたちは勿論《もちろん》、品物まで調べられましてね。御家来衆もちょいとした落ち度でお咎めを受けた方もいらっしゃいましたよ」

「ちょいとした落ち度でお咎めか……」

半兵衛は眉をひそめた。

「じゃあ、盗賊に入られた夜の宿直《とのい》の家来たちは哀れなものだな」

「ええ。押し込まれた直後は、騒ぎが大きくなるのを恐れて静かにしていたのですが、世間の噂も消えた頃、宿直の御家来衆を追放し、諫《いさ》めた御家来にも暇を出したとか……」

魚屋は呆れたように首を捻った。

「ほう、そいつは厳しいね」

半兵衛は、盗人騒ぎが落ち着いた後の松岡家の様子を初めて知った。世間での噂が消えていくのに代わり、松岡家では厳しい粛清《しゆくせい》が始まったのだ。そして、数人の家来が暇を取らされていた。

「旦那、こう云っちゃあ何ですが、お武家ってのは嫌な渡世《とせい》ですね」

魚屋は微かな嘲《あざけ》りを滲ませた。

「そうかも知れぬな……」

半兵衛は苦笑し、魚屋に小粒を握らせて解放した。魚屋は小粒を嬉しげに握り締め、内堀沿いを日本橋の魚河岸に戻って行った。

半次が北町奉行所で待っているかもしれない……。

半兵衛は北町奉行所に急いだ。


大川には様々な船が行き交っていた。

両国橋の西詰、広小路の端には様々な店や行商人が並んでいる。その上をしゃぼん玉が七色に輝いて飛んでいた。

「玉や、玉や、ふき玉や……」

弥平次の手先の由松が売り声をあげてしゃぼん玉を売り、橋の袂《たもと》では雲海坊が経を読んで托鉢《たくはつ》をしていた。そして、鶴次郎は雑踏を行き交う人々に十徳姿の男を見つけては追い、素性を確かめていた。しかし、天狗の仙蔵らしき者はいなかった。

鶴次郎、雲海坊、由松は、連携を取りながら雑踏に天狗の仙蔵を探し続けた。


風が吹き抜け、外濠の水面《みなも》に小波《さざなみ》が走った。

半兵衛は、外濠に架かる呉服橋《ごふくばし》御門を渡り北町奉行所の表門を潜った。

「旦那……」

半次は、表門脇の腰掛で待っていた。

半兵衛は、半次を伴って一石橋《いちこくばし》の袂にある蕎麦屋《そばや》に赴《おもむ》いた。

「それで、新吾がどうしたのか、分かったのかい」

半兵衛は酒を飲んだ。

「そいつが旦那。新吾の旦那、あれから真っ直ぐ上野元黒門町の長屋に行きましてね。そこで暮らしている娘に金を渡しました」

「娘に金を……」

半兵衛は、猪口《ちょこ》を持つ手を止めて眉をひそめた。

「はい。おかよさんといいましてね。乾弥十郎と仰《おつしや》る浪人さんの娘です」

半次はせいろ蕎麦を啜った。

「浪人の娘……」

「はい」

「新吾、そのおかよって娘とどういう関わりなのかな」

「さあ、今のところは何とも……」

半次は、半兵衛の猪口に酒を満たして手酌で飲んだ。

「おかよの父親、浪人か……」

「はい。乾弥十郎さんと仰って、昔は大身旗本の家来だったそうですよ」

「旗本の家来か……」

「はい」

半次はせいろ蕎麦を啜り終えた。

「やはり、母上さまの睨んだ通り女か……」

半兵衛は、眉をひそめて酒を飲んだ。

「ところで旦那、そちらも何か……」

半次は猪口の酒を飲み干した。

「うん。実はな五年前に行方を晦《くら》ました盗賊の天狗の仙蔵が現れたよ」

「天狗の仙蔵って、確か大名旗本のお屋敷ばかり狙って忍び込む盗賊でしたよね」

半次は眉をひそめた。

「そうだ……」

半兵衛は、大久保忠左衛門に呼ばれたところからの経緯《いきさつ》を詳しく話した。

半次は、猪口の酒を飲み干して吐息を洩らした。

「そうでしたか。じゃあ、鶴次郎は今、雲海坊や由松と両国広小路で……」

「十徳を着た男を探している」

「そいつは大変だ」

「うん……」

「じゃあ旦那、あっしはこれからどうします」

「そいつなんだが、新吾には私が直接当たってみる。半次は、鶴次郎たちと仙蔵探しをしてくれ」

「承知しました」

半兵衛は北町奉行所に戻り、半次は両国広小路に急いだ。

町奉行所の養生所見廻り同心は、公儀が小石川に設けた貧民施療所の管理をする役目であり、毎日交替で通勤していた。

半兵衛が北町奉行所に戻り、半刻（一時間）が過ぎた頃に神代新吾は戻って来た。

「やあ、新吾……」

「こりゃあ半兵衛さん……」

「ちょいと話がある」

「話……」

新吾は戸惑いを浮かべた。

「一緒に来てくれ」

半兵衛は微笑み、新吾を道三河岸《どうさんがし》に誘った。


道三堀は北町奉行所に近く、内濠と外濠を繋いでいる掘割だ。

「半兵衛さん……」

新吾は身構え、半兵衛に探る眼差しを向けた。

私が何を云い出すか気付いている……。

半兵衛は、小細工をしないで単刀直入に訊くことにした。

「新吾、おかよとはどんな関わりだ」

「半兵衛さん、母に頼まれたのですか」

「母上は心配されている。私もね……」

風が吹き抜け、道三堀の水面を揺らした。

「半兵衛さん、どこまで調べたか分かりませんが、おかよはいかがわしい女じゃありません。病弱な浪人の父親を抱え、一生懸命に働いているだけです」

「仕事、何をしているんだい」

「池之端《いけのはた》の料理屋に通いの女中奉公をしています。いけませんか」

新吾は、挑むように半兵衛を見つめた。

「いけなくはないが。新吾、妙な隠し立ては母上に心配を掛けるだけだ」

「ですが、私はもう子供ではありません。母上に何でも話すなど出来ませんよ」

新吾は、僅かにいきり立った。

「そりゃあそうだな」

半兵衛は頷いた。

「半兵衛さん……」

新吾は、半兵衛が頷いたのに少なからず戸惑ったようだ。

「ま、子供じゃあないなら、母上に余計な心配は掛けないものだ」

新吾は思わず俯《うつむ》いた。

「新吾、自分に恥ずるところがないなら、妙な隠し立てはしない方がいい。じゃあな……」

半兵衛は、北町奉行所に戻った。

新吾は立ち尽くした。

道三堀を吹き抜ける風が、俯いた新吾の鬢のほつれ毛を揺らした。


夜の大川には船の灯りが行き交っていた。

両国橋《ちょきぶね》から大川を遡《さかのぼ》ると左岸に浅草御蔵《あさくさおくら》が見え、手前に新堀川《しんぼりがわ》があった。

猪牙舟《ちょきぶね》は舟行燈《ふなあんどん》を灯さず、大川を横切って新堀川に入った。そして、新堀川を元鳥越町《もととりごえちょう》に進み、肥前平戸藩松浦家《ひぜんひらどはんまつうら》の江戸上屋敷の裏手に出た。

猪牙舟は新堀川の暗がりに船縁《ふなべり》を着けた。

「お頭《かしら》……」

船頭は、舳先《へさき》にひっそりと座っている盗人装束《ぬすっとしょうぞく》を着た小柄な初老の男に呼び掛けた。

「よし。行くぜ」

お頭と呼ばれた小柄な初老の男は、鉤縄《かぎなわ》を出して塀の上に投げた。そして、鉤が塀に掛かったのを確かめ、身軽に塀の上に上った。船頭が続いた。

平戸藩江戸上屋敷は、宿直の番士たちが見廻りをしていた。

小柄な初老の男と船頭は、見廻りの番士たちをやりすごし、塀の上を走って厩《うまや》の屋根に跳んだ。大名屋敷は広大な敷地を誇り、その周囲の殆どを家臣や奉公人たちが暮らす長屋門で囲んでいた。

小柄な初老の男と船頭は、厩の屋根から母屋《おもや》の大屋根に跳んで奥御殿に向かった。そして、奥御殿の庭に降り、辺りの暗闇を窺った。見廻りの番士たちの龕灯《がんどう》の灯りも見えず、人の気配もなかった。小柄な初老の男と船頭は、濡縁の雨戸をこじ開けて奥御殿に忍び込んだ。

御殿の中は暗く、冷たい空気が漂っていた。

小柄な初老の男と船頭は、御殿の暗闇を進んで行った。

半刻後、見廻りの番士たちが、奥御殿の雨戸がこじ開けられているのに気付いた。そして、藩主・松浦壱岐守《いきのかみ》の居室に保管されていた家宝の茶器が奪われ、『天狗の仙蔵』の千社札《せんじゃふだ》が貼られているのを見つけた。

吟味与力の大久保忠左衛門は、半兵衛に平戸藩江戸上屋敷が天狗の仙蔵に押し込まれたのを報せた。

「天狗の仙蔵、押し込みましたか……」

「うむ。平戸藩の御留守居役《おるすいやく》どのが今朝早く、我が屋敷に見えてな」

忠左衛門は白髪眉をひそめた。

「それにしても平戸藩、良く大久保さまに報せに来ましたね」

大名家の江戸屋敷が盗賊に押し込まれるのは恥辱であり、内密に処理をするのが普通だ。だが、平戸藩江戸留守居役の今井監物《いまいけんもつ》は、忠左衛門に報せて来た。

「うん。御留守居役の今井監物どのとは面識があってな。ま、肝心な事は、奪われた家宝の茶器を内密に取り戻して欲しいとの事だ」

「家宝の茶器とは……」

「それなのだが、大猷院《だいゆういん》さま、つまり三代将軍家光《いえみつ》公から拝領した青磁《せいじ》の茶碗だそうだ」

「青磁の茶碗ですか……」

「左様……」

「金は……」

「金は殿さまお手元金の五十両が奪われたが、なんと申しても家宝の青磁の茶碗だ」

「でしょうね。ところで大久保さま、何故に押し込んだ盗賊が、天狗の仙蔵だと……」

「これみよがしに、己《おのれ》の名を書いた千社札を残して行ったそうだ」

忠左衛門は、細い首の筋を怒りに引き攣《つ》らせた。

「千社札ですか……」

「左様。仙蔵め、盗賊の分際で嘗《な》めた真似をしおって……」

忠左衛門は吐き棄てた。

「で、半兵衛、両国広小路の方はどうなっている」

忠左衛門は身を乗り出した。

「はい。何分にも江戸でも有数の盛り場、柳橋の弥平次も助っ人を出してくれているのですが、まだ……」

「そうか……」

忠左衛門は、両国広小路の賑わいを思い浮かべて白髪眉を曇らせた。

「いずれにしろ半兵衛。これ以上、天狗の仙蔵を跋扈《ばっこ》させてはならぬ。頼むぞ」

「心得ました」

半兵衛は、北町奉行所を出て両国広小路に向かった。


両国広小路は賑わっていた。

半次は、鶴次郎、雲海坊、由松と持ち場を決めて十徳姿の男を探した。だが、十徳姿の男は滅多にいなく、いても天狗の仙蔵ではなかった。

半次は、両国稲荷《いなり》の前に佇《たたず》み、行き交う人に眼を光らせていた。見覚えのある娘が、神田川沿いの柳原《やなぎわら》通りから来るのに気付いた。

おかよ……。

半次は、思わず行き交う人に隠れた。

おかよは、雑踏を両国橋に向かっていた。

何処に行くのか……。

半次は、迷った挙句におかよを追った。

おかよは両国橋にあがった。

半次は、両国橋の袂で托鉢をしていた雲海坊に近寄った。

「訳ありの娘がいたのでちょいと追ってみる」

半次は囁《ささや》いた。雲海坊は、経を読みながらおかよを一瞥して頷いた。

半次はおかよを尾行した。

おかよは、長さ九十六間の両国橋を渡って本所《ほんじょ》に進んだ。そして、本所元町を抜けて回向院《えこういん》の境内に入った。

半次は木立の陰に潜んだ。

おかよは境内の茶店に入った。そして、茶店の老婆に茶を頼み、縁台に腰掛けた。

新吾と待ち合わせをしているのか……。

半次は辺りを見廻した。行き交う参拝客の中に新吾の姿はなかった。だが、半次は思わず木立の陰に身を潜めた。十徳姿の小柄な初老の男がやって来た。

十徳姿の男、盗賊・天狗の仙蔵……。

半次は僅かに混乱した。

十徳姿の小柄な初老の男は、回向院の本殿に参拝して茶店のおかよの隣に腰掛けた。

半次に戸惑いと緊張が湧いた。

十徳姿の初老の男は、茶店の老婆に茶を頼んで何気なく辺りを見廻した。そして、隣に腰掛けているおかよに声を掛けた。おかよは微笑んで頷き、胸元から一通の手紙を出して十徳姿の初老の男に渡した。十徳姿の初老の男は、手紙を受け取った。おかよは、安心したように立ち上がり、十徳姿の初老の男に挨拶をして境内から出て行った。

半次は迷った。

おかよを追うか、それとも十徳姿の初老の男を見張るか……。

半次は迷った挙句、十徳姿の初老の男を見張る事にした。

三

おかよと十徳姿の初老の男は、どのような関わりなのだ……。

半次は思いを巡らせながら、十徳姿の初老の男を見張った。

十徳姿の小柄な初老の男は、茶を飲みながら鋭い眼差しで辺りを窺った。そして、辺りに不審なところがないと判断したのか、茶代を払って茶店を出た。

半次は、慎重に尾行を開始した。

十徳姿の小柄な初老の男は、回向院の門前町を抜けて本所竪川《たてかわ》沿いの道に出た。

本所竪川には、荷船の船頭の歌う唄が長閑《のどか》に響いていた。

十徳姿の小柄な初老の男は、本所竪川沿いの道を東に進んだ。そして、二つ目之橋の下の船着場に降り、待たせてあった猪牙舟に乗った。船頭は、十徳姿の小柄な初老の男を乗せた猪牙舟を漕《こ》ぎ出した。

半次は、竪川沿いの道を猪牙舟を尾行した。

猪牙舟は三つ目之橋、横川と交差して架かる新辻橋《しんつじばし》、四つ目之橋の下を過ぎ、横十間堀《よこじっけんぼり》を北に折れた。そして、横十間堀に架かる天神橋《てんじんばし》の船着場に船縁を着けた。十徳姿の小柄な初老の男は、猪牙舟を降りて亀戸天満宮《かめいどてんまんぐう》門前の亀戸町に入った。

半次は、緊張を強《し》いられた尾行を続けた。

亀戸天満宮は藤の花の名所として名高く、見物客が訪れ始めていた。

十徳姿の小柄な初老の男は、亀戸町の片隅にある板塀を廻した仕舞屋《しもたや》に入った。

半次は見届け、ようやく緊張から解き放たれた。その時、背後に人が駆け寄って来る足音がした。半次は、素早く物陰に隠れた。駆け寄って来たのは猪牙舟の船頭だった。船頭は板塀の木戸を潜り、仕舞屋に入った。

猪牙舟は、十徳姿の小柄な初老の男の持ち舟なのかも知れない。

半次は、辺りに聞き込みを掛ける事にした。


両国広小路の賑わいは続いていた。

神田川に架かる柳橋を挟んで船宿『笹舟』と向かい合う蕎麦屋『藪十《やぶじゅう》』の暖簾は風に揺れていた。

「半次が若い娘を追って行った……」

半兵衛は眉をひそめた。

「ええ。訳ありの娘だと云って……」

雲海坊は、二枚目のせいろ蕎麦を食べ終えて頷いた。

「訳ありの娘か……」

今、半次が関わっている若い娘は、おかよぐらいだ。

おかよか……。

半兵衛は思いを巡らせた。

「長八《ちょうはち》さん、蕎麦湯を貰えますかい」

雲海坊が板場に声を掛けた。

「おう」

店主の長八が、板場から蕎麦湯を持って出て来た。長八は、弥平次の古くからの手先であり、今では蕎麦屋『薮十』を預かり、『笹舟』の後詰《ごづめ》の役目を果たしていた。

「半兵衛の旦那、酒をお持ちしますか」

「いや。まだいいよ」

「酒はみんなが戻ってからですか……」

長八は微笑んだ。

「まあな……」

半兵衛は、己の腹の内が読まれているのに苦笑した。

「旦那……」

半次が由松に案内されて来た。

「こりゃあ半次の親分。今、旦那に話していたところですよ」

雲海坊は、脇に退けて半次を迎えた。

「そいつは造作を掛けたな」

「で、半次、若い娘はおかよだったのか」

半兵衛は睨んでみせた。

「はい。それで追ったのですが、おかよさん、回向院の茶店で十徳姿の小柄な年寄りと落ち合いましてね」

「十徳姿の小柄な年寄り……」

半兵衛は眉をひそめた。

「旦那……」

雲海坊と由松は緊張を浮かべた。

「うん。由松、鶴次郎を呼んで来てくれ」

「合点です」

由松は、威勢良く駆け出して行った。

「長さん、酒の仕度をして貰おうか……」

「へい」

長八は微笑み、酒の仕度を始めた。

本所亀戸町の仕舞屋……。

「それで、その十徳姿の小柄な年寄り、何て名前だ」

半兵衛は半次に尋ねた。

「はい。桂田青洲《かつらだせいしゅう》という茶の湯の宗匠《そうしょう》でして、おさわという年増の妾と清純《きよずみ》って船頭も務める弟子の三人暮らしです」

「桂田青洲か……」

半兵衛は酒を飲んだ。

鶴次郎、雲海坊、由松は、思い思いに酒を飲み、蕎麦を食べながら半次の話を聞いた。

「ですが今のところ、桂田青洲が天狗の仙蔵だという証拠は何もありません」

「うん……」

半兵衛は頷いた。

「旦那、半次の親分、詳しく調べてみる値打ちはありますよ」

雲海坊は意気込んだ。

「旦那、半次、あっしも雲海坊の云う通りだと思います」

鶴次郎は、手酌で酒を飲んだ。

「うん。天狗の仙蔵は昨夜、元鳥越の平戸藩江戸上屋敷に押し込んだ。いつまでも広小路を見張っているわけにはいかぬ」

「じゃあ……」

由松は身を乗り出した。

「うん。鶴次郎、雲海坊、由松は、亀戸の桂田青洲を洗ってくれ」

「承知しました」

「旦那、あっしは……」

半次は眉を曇らせた。

「半次、もし桂田青洲が天狗の仙蔵だったら、おかよとどんな関わりがあるかだ。おかよと父親の乾弥十郎を探ってみてくれ」

「分かりました」

半次は頷いた。

半兵衛は、猪口の酒を飲み干した。

陽は沈み、両国広小路の賑わいも消え始め、大川や神田川を行く船の櫓《ろ》の軋《きし》みが甲高く響き始めた。

学問の神様とされる菅原道真《すがわらのみちざね》を祀《まつ》る亀戸天満宮は、藤の花の名所としても名高く江戸庶民の行楽地の一つでもあった。

鶴次郎、雲海坊、由松は、桂田青洲の仕舞屋の斜向かいにある荒物屋の納屋を借り、見張り所にした。そして、雲海坊と由松は、周辺に聞き込みを掛けた。

桂田青洲は、旗本や大店《おおだな》の主や娘たちを相手に茶の湯を教えており、その殆どを弟子の清純を供に出稽古で行っていた。

その日も、桂田青洲は弟子の清純を従え、妾のおさわに見送られて出掛けた。

雲海坊が残り、鶴次郎と由松が追った。

桂田青洲は、横十間堀に架かる天神橋の船着場から清純の操る猪牙舟に乗り、本所竪川に向かった。追って来た鶴次郎と由松の前に、船宿『笹舟』の船頭で手先の勇次《ゆうじ》が操る猪牙舟が船縁を寄せた。

「鶴次郎さん、由松の兄貴……」

「おう」

鶴次郎と由松は、勇次の猪牙舟に乗った。勇次は、桂田青洲が乗った清純の漕ぐ猪牙舟を追った。

半兵衛は、半次から桂田青洲が猪牙舟を使うと聞き、弥平次と『笹舟』の女将《おかみ》のおまきに頼んで勇次と猪牙舟を借りていた。

桂田青洲を乗せた猪牙舟は、竪川に出て大川に向かった。

「野郎が桂田青洲ですかい」

「ああ、見逃すんじゃあねえぞ」

由松は頷いた。

「冗談じゃありませんぜ。幾ら上手《うま》いといっても相手は素人《しろうと》。こっちは伝八《でんぱち》の親方に嫌ってほど仕込まれた玄人《くろうと》ですよ」

勇次の鼻息は荒かった。

「違いねえ。由松、ここは勇次に任せるんだな」

鶴次郎は笑った。

青洲を乗せた猪牙舟は大川に出た。そして、大川を下りながら横切り、新大橋を潜って三ツ俣《みつまた》に入った。勇次は、行き交う船を巧みに躱《かわ》して追った。青洲を乗せた清純の操る猪牙舟は、三ツ俣から浜町堀《はまちょうぼり》に入った。そして、浜町堀を進み、小川橋の袂の船着場に猪牙舟を寄せた。

桂田青洲は猪牙舟を降り、茶道具の包みを持った清純を従えて浜町河岸に甍《いらか》を連ねている武家屋敷の一軒に入った。

鶴次郎、由松、勇次は見届けた。

「誰の屋敷か調べてきます」

由松は、猪牙舟を身軽に降りて一方に駆け去った。

「門構えからすると旗本屋敷ですかね」

「うん……」

鶴次郎は頷いた。

大名屋敷は、石高によって門構えが違っていた。青洲の入った武家屋敷の表門は、そうした大名家のものではなかった。

「鶴次郎さん、奴らの猪牙舟、ちょいと調べて見ます」

勇次は、青洲の猪牙舟に乗り込み、中を調べ始めた。猪牙舟の中には、舟行燈や淦取《あかと》り、そして畳まれた筵《むしろ》などがあった。勇次は舟行燈や淦取りを手に取って調べた。だが、気になる物や不審な物はなかった。勇次は、筵を広げた。筵の網目に折れ曲がった小さな紙切れが濡れて挟まっていた。勇次は、折れ曲がった濡れた小さな紙切れつまみ上げ、丁寧に広げた。

「鶴次郎さん……」

勇次は驚き、喉を引き攣らした。

「どうしたい」

「これを見て下さい」

勇次は、広げた小さな紙を鶴次郎に見せた。小さな紙は千社札で、『天狗の仙蔵』の文字が滲んでいた。

「天狗の仙蔵の千社札じゃあないか」

鶴次郎は眼を丸くした。

「ええ。折れ曲がって筵の網目に挟まっていました」

勇次は勢い込んだ。

「鶴次郎さん……」

由松が駆け戻って来た。

「分かったか」

「小笠原主水《おがさわらもんど》って旗本の屋敷だそうですぜ」

「小笠原主水……」

「ええ。で、こっちはどうですか」

「由松、勇次が奴らの猪牙舟から見つけた」

鶴次郎は、濡れた『天狗の仙蔵』の千社札を見せた。

「こいつは、天狗の仙蔵の千社札ですかい」

「うん」

「じゃあ、やっぱり桂田青洲が天狗の仙蔵ですか」

「きっとな。だが、まだ確かな証拠はない」

「じゃあどうします」

由松は眉をひそめた。

「なあに、証拠が見つかるまで張り付いてやるだけだ」

鶴次郎は嘲笑を浮かべた。

「そいつはいい……」

由松と勇次は楽しげに笑った。


上野元黒門町の裏長屋は、昼前の静けさに包まれていた。

奥の家の腰高障子が開き、おかよが風呂敷包みを抱えて出て来た。

「じゃあ、行って参ります」

おかよは家の中に声を掛け、腰高障子を閉めて裏長屋の木戸を出た。

羽織を脱いだ半兵衛と半次が、木戸の陰から現れた。

「旦那……」

「きっと池之端の奉公先に行くのだろう」

「ええ。じゃあご免なすって……」

半次はおかよを追った。

半兵衛は木戸の陰に残り、奥の家の見張りを続けた。

四半刻（三十分）が過ぎた。

静けさに赤ん坊の泣き声が響いた。同時に奥の家の腰高障子が開き、背の高い痩せた浪人が出て来た。

おかよの父親の乾弥十郎……。

半兵衛は木戸に身を潜めた。

乾弥十郎は、裏長屋の木戸を出て湯島《ゆしま》天神裏門坂道に進んだ。

半兵衛は浪人を装い、充分な距離を取って乾を追った。

乾は切通《きりどお》しから女坂を上がり、湯島天神境内を抜けた。そして、門前町の片隅にある一膳飯屋に入った。

半兵衛は、僅かな間を取って一膳飯屋の暖簾を潜った。


一膳飯屋の店内は、職人や行商人たちが昼飯を食べていた。

半兵衛は、店の小女《こおんな》に季節の筍飯《たけのこめし》と汁を頼んだ。

乾弥十郎は、店の隅で羽織袴の中年の武士と酒を飲みながら密談を交わしていた。二人は声を潜めており、話の内容を窺い知る事は出来なかった。

「おまちどおさま」

小女が、半兵衛に筍飯と汁を運んで来た。

「おっ。こいつは美味そうだ」

半兵衛は筍飯を食べた。筍は香りも良くて柔らかく、美味かった。

半兵衛は、筍飯を味わい汁を啜った。

乾弥十郎と中年武士は、安酒を啜りながら密談を続けた。筍飯を食べ終わった半兵衛は、小女に飯代を払って一膳飯屋を出た。そして、表で乾弥十郎たちの出て来るのを待った。

不忍池《しのばずのいけ》の畔《ほとり》にある料理屋『花乃井《はなのい》』には、昼飯の客が訪れていた。

半次は裏手に廻り、台所女中として働いているおかよを垣根越しに見守っていた。おかよは、額に汗を薄く滲ませて野菜を洗い、忙しく働いていた。その姿に不審なところはなかった。

「半次の親分……」

半次は振り向いた。

神代新吾が背後にいた。

「こりゃあ新吾の旦那……」

半次は僅かに動揺した。

「半兵衛さんに命じられての事ですか」

新吾は、眼の奥に怒りを滲ませていた。

下手《へた》な言い訳は、半兵衛の為にも新吾の為にもならない……。

半次は覚悟を決めた。

「そうですが、新吾の旦那には関わりはありません」

「なんだと……」

新吾は眉をひそめた。

「ま、ここじゃあなんですので……」

半次は、新吾を不忍池の畔に誘った。

不忍池は初夏の日差しを浴び、明るく輝いていた。

「新吾の旦那。今、半兵衛の旦那とあっしたちは、お大名や旗本のお屋敷ばかりに押し込む天狗の仙蔵って盗賊を追っていましてね」

「盗賊……」

新吾は戸惑いを浮かべた。

「はい」

「ならば、おかよも盗賊に関わりが……」

新吾の戸惑いは、困惑に変わった。

「そいつがまだはっきりしないのです」

「嘘だ。半次の親分、おかよが盗賊に関わりがあるなんて、何かの間違いだ」

新吾は、己に云い聞かせるように声を荒らげた。

「新吾の旦那。今、あっしたちが盗賊だと睨んで追っている男とおかよさんが繋ぎを取っているのを、あっしは見ちまったんですよ」

「半次の親分……」

新吾は、言葉を失って立ち竦《すく》んだ。

不忍池に風が吹き抜け、輝く水面に小波が走った。

「新吾の旦那、おかよさんとは何処でどうして知り合ったんですか」

「養生所の帰り、酒に酔った浪人に絡まれていたのを助けた。それで知り合いになり……。良くある話です」

新吾は、己を嘲笑《あざわら》うかのように頬を引き攣らせて笑った。

「じゃあ新吾の旦那、おかよさんのお父上の乾弥十郎さんですが、五年前までは旗本家の家来だったと聞いていますが、どちらのお旗本の御家来だったのかご存知ですかい」

「確か、駿河台小川町に屋敷を構えている松岡兵部さまの御家来だったと聞いている」

「松岡兵部さま……」

半次は眉をひそめた。

「知っているのですか……」

「ええ。松岡さまのお屋敷は、今、半兵衛の旦那が追っている天狗の仙蔵に五年前に押し込まれているんです」

「五年前……」

「ええ……」

「まさか、おかよの父親はその時から盗賊と関わっていたんじゃあ……」

新吾は眉をひそめた。

「そして、おかよは何も知らずに父親に使われている。違いますか、半次の親分」

新吾は、己の睨みを信じたかった。

「新吾の旦那、そいつはまだ何とも云えません。今は本当の事を突き止めるのが先ですよ」

半次は言い聞かせた。

「半次の親分……」

新吾は、今にも泣き出しそうに顔を歪《ゆが》めた。

「新吾の旦那。母上さまは勿論、半兵衛の旦那も心配しています。此処《ここ》は落ち着いて動くべきじゃあございませんかい」

「分かりました……」

新吾は肩を落とし、不忍池を哀しげに見つめた。

不忍池は美しく輝いていた。


湯島天神門前町の一膳飯屋は、昼飯時も過ぎて静けさを取り戻した。

乾弥十郎と羽織袴の中年の武士は、一膳飯屋を出て別れた。乾は下谷に向かい、羽織袴の中年武士は神田川に向かった。

半兵衛は、乾が元黒門町の裏長屋に戻ると読み、羽織袴の中年武士を追った。

羽織袴の中年武士は、神田川に架かる昌平橋《しょうへいばし》を渡って日本橋通りを進んだ。

そして、日本橋を渡り、京橋から木挽町《こびきちょう》に入った。

半兵衛は追った。

羽織袴の中年武士は、三十間堀《さんじっけんぼり》に架かる木挽橋を渡って五丁目にある武家屋敷に入った。

半兵衛は見届けた。

「半兵衛の旦那……」

木挽橋の船着場から勇次が上がって来た。

「勇次、どうした……」

「はい。桂田青洲と弟子の清純を追って来ましてね。野郎、この屋敷にいるんですよ」

勇次は、羽織袴の中年武士が入った屋敷を示した。

「ほう、ここに桂田青洲がね……」

半兵衛は、事の成り行きに思わず微笑んだ。

四

桂田青洲は、浜町河岸の小笠原主水の屋敷を訪れて娘に茶の湯を教えた後、弟子の清純の操る猪牙舟で三ツ俣に戻り、日本橋川を遡った。そして、日本橋川から楓川に入り、正木町《まさきちょう》の炭問屋に寄って木挽町の武家屋敷に来たのだった。

鶴次郎と由松は、勇次の漕ぐ猪牙舟で追い続けて木挽町に来ていた。

「それで、ここは何方《どなた》の屋敷だい」

半兵衛は、鶴次郎、由松、勇次を労《ねぎら》い、尋ねた。

「藤沢采女正《ふじさわうねめのしょう》と仰る旗本のお屋敷でした」

鶴次郎は、藤沢屋敷が見通せる物陰で半兵衛に告げた。

「旗本の藤沢采女正さまの屋敷か……」

「ええ。何でも三千石取りの新番頭《しんばんがしら》というお役目に就いているとか……」

乾弥十郎が一膳飯屋で逢っていた羽織袴の中年の武士は、旗本三千石新番頭の藤沢釆女正の家来だった。

「旦那、新番頭ってのはどんなお役目なんですかい」

由松が首を捻った。

「新番組は上様をお護りするのが役目で、藤沢釆女正さまはその頭だ」

「上様をお護りするなら、腕に覚えがあるんでしょうね」

由松は感心した。

「桂田青洲、やはり藤沢屋敷に茶の湯を教えに来ているのかな」

「藤沢さまの末のお姫さまだとか……」

鶴次郎は小さく笑った。

「それから旦那、勇次が青洲の猪牙舟からこんな物を見つけましてね」

鶴次郎は、手拭に挟んだ天狗の仙蔵の千社札を見せた。

「天狗の仙蔵の千社札か……」

半兵衛は眉をひそめた。

「ええ……」

「面白いな……」

半兵衛は小さく笑った。

桂田青洲が盗賊・天狗の仙蔵だとしたら、茶の湯を教えに廻っている武家屋敷の何処かが次に押し込む標的なのだ。そして、その標的は、三千石取りの旗本・藤沢采女正の屋敷なのかも知れない。半兵衛の直感は、乾弥十郎が藤沢家家来である羽織袴の中年武士と関わりがあるところからそう睨んだ。

「じゃあ、旦那が尾行《つけ》て来たのは……」

由松は眉をひそめた。

「おそらく藤沢家の家来だよ」

「乾弥十郎さん、何を企《たくら》んでいるんですかね」

鶴次郎は戸惑いを浮かべた。

「分からないのはそこだよ」

半兵衛は苦笑した。

藤沢屋敷の潜り戸が開き、桂田青洲と清純が羽織袴の中年武士に見送られて出て来た。

「旦那、鶴次郎さん……」

半兵衛と鶴次郎は、由松に促されて物陰に潜んだ。

桂田青洲と清純は、羽織袴の中年武士に見送られて木挽橋の船着場に向かった。

「どうします」

由松は半兵衛を窺った。

「鶴次郎、勇次の猪牙で青洲を追ってくれ。由松、私と一緒に青洲を見送った家来の名とどんな奴か調べるんだ」

「承知……」

鶴次郎は、木挽橋の船着場で待っている勇次の猪牙舟に急いだ。

半兵衛は藤沢屋敷を眺めた。


夕陽は沈み、不忍池は夕闇に覆《おお》われた。

料理屋『花乃井』の軒行燈に火が灯され、昼間だけの通いの奉公人たちが帰り始めた。

おかよは、池の畔を足早に下谷広小路に向かった。父親の待っている元黒門町の裏長屋は下谷広小路を横切った処にある。だが、おかよは立ち止まって微笑んだ。

神代新吾が行く手に佇んでいた。

「おかよ、聞きたい事があるんだ」

新吾は、強張った面持ちでおかよを見つめた。

「新吾さま……」

おかよは眉をひそめた。


不忍池は夜の静けさに包まれていた。

「お父上は、どうして松岡兵部さまから暇を出されたんです」

新吾は尋ねた。

「それは……」

おかよは言葉を濁した。

「盗賊に関わりがあったからですか……」

新吾の言葉は微かに震えていた。

「違います」

おかよは、怒ったように否定した。

「じゃあ、どうして暇を取らされたんです」

「新吾さま……」

「話して下さい」

おかよは、不忍池の暗い水面を哀しげに見つめた。暗い水面には、月明かりが切れ切れに揺れていた。

「五年前、松岡さまのお屋敷は盗賊に入られ、お金と家宝を奪われました。お殿さまは激怒され、宿直だった方々を家中から追放しました。父はそれを諫めました。ですが、お殿さまは諫めた父にまで……」

「暇を取らせたのですね」

「はい……」

おかよは哀しげに頷いた。

「それで、父は私を連れて松岡屋敷を出たのです」

乾弥十郎は、主の松岡兵部を諫めて暇を出された。松岡兵部の人としての器量は、その程度のものなのだ。

「十徳を着た男とはどのような関わりですか」

「十徳を着た男……。ああ、桂田青洲さまですか」

「桂田青洲……」

「はい。松岡家のお姫さまに茶の湯を教えに来ていた茶の湯の宗匠さまです」

「その桂田青洲に何を……」

「存じません。私は父に命じられた通り、手紙を届けただけなのです」

おかよの言葉に嘘はない。

新吾はそう思った。いや、そう信じたかった。

「新吾さま、父は松岡家から暇を出されて以来、働きもせずお酒を飲み歩いています。桂田さまとは、飲み歩くようになって再会したと聞いております」

月明かりの映える水面に魚がはね、波紋が静かに広がった。

神田川は、両国で音もなく大川に流れ込んでいる。

清純は、猪牙舟を神田川に架かる新シ橋《あたらばし》の船着場に着けた。

「頭……」

「ああ。ここで待っていろ」

桂田青洲は猪牙舟を降り、新シ橋の袂にある小料理屋に入った。

「どうします」

勇次は眉をひそめた。

「構わねえ。隣に着けろ」

鶴次郎は命じた。

「合点だ」

勇次は、新シ橋の船着場に猪牙舟の舳先を寄せた。

「じゃあな……」

鶴次郎は勇次に清純を示し、軽い足取りで小料理屋に向かった。

「旦那のお供かい」

勇次は、猪牙舟を舫《もや》いながら清純に話し掛けた。

「う、うん……」

清純は、迷惑そうに眼を逸らして返事をした。


小料理屋の板場は、主で板前の卯之吉《うのきち》が忙しく料理を作っていた。

鶴次郎は、勝手口から板場に入った。

「おう、珍しいな、鶴さん」

卯之吉は、鶴次郎に怪訝な眼差しを向けた。新シ橋は柳橋に近く、鶴次郎は何度か弥平次に連れて来て貰い、卯之吉たちとは顔見知りだった。

「旦那。今、十徳を着た野郎が来たでしょう」

鶴次郎は、板場から店にいる客を窺った。

「ああ。先に来ていた浪人と奥の小座敷にあがったよ」

「小座敷ですかい」

鶴次郎は眉をひそめた。

「お前さん、白魚《しらうお》と豆腐の煮付けと筍の付け焼きですよ」

卯之吉の女房で女将のおしんが、小座敷から注文を取って来た。

「合点だ」

「あら、鶴次郎さん、何してんのよ」

「女将さん、十徳を着た野郎、どんな浪人と逢っているんですかい」

「どんなって、痩せて背の高い浪人さんですよ」

「痩せて背の高い浪人……」

「女将さん……」

店の客がおしんを呼んだ。

「はい。只今……」

おしんは忙しく店に出て行った。

「旦那、手伝いますぜ」

鶴次郎は、袖をまくり上げて前掛けをした。

筍の付け焼きと白魚と豆腐の煮付けは美味そうだった。

鶴次郎は、盆に料理と酒を載せて小座敷に向かった。

「明後日の法事、殿さまの家族と主だった家来は、明日の夜から寺に行くのだな」

「ああ、何しろ菩提寺《ぼだいじ》は品川《しながわ》の天光寺だ。前の夜は品川の本陣光田《みつだ》茂兵衛《もへえ》の処に泊まるそうだ」

「成る程……」

「誰だ」

障子越しに鶴次郎を誰何《すいか》する声がした。

「へい。料理と酒をお持ち致しました」

鶴次郎は障子を開け、料理と酒を載せた盆を持って小座敷に入った。

「お待たせ致しました」

鶴次郎は、笑顔を振り撒いて料理を並べた。

「乾さん、今の話に間違いないだろうね」

桂田青洲は唇を酒に濡らし、浪人の乾弥十郎を見据えた。

「ああ。藤沢家の家来に昔からの剣術仲間がいてな。そいつに聞いた。間違いない」

乾弥十郎は手酌で酒を飲んだ。

「あの……」

鶴次郎は遠慮がちに声を掛けた。

「なんだい……」

青洲が鋭い眼差しを向けた。

「へ、へい。他に何かご用はございませんか」

「呼ぶまでいいよ」

「そうですか。じゃあご免なすって」

鶴次郎は、小座敷から出て行こうとした。

「待ちな」

青洲は鶴次郎を呼び止めた。

「何か……」

鶴次郎は何気なく身構えた。

「見かけない顔だね」

「へい。昨日から旦那に雇っていただいた板前の手伝いでして、お見知りおきを……」

鶴次郎は愛想笑いをした。

「ああ……」

青洲は苦笑した。鶴次郎は、小座敷を出て障子を閉めた。その時、乾弥十郎が鋭い一瞥を鶴次郎に送った。


囲炉裏の火は燃え上がった。

半兵衛は、半次、鶴次郎、由松と囲炉裏を囲み、雑炊《ぞうすい》を啜った。

「それで、藤沢家の家来、名前は分かったのですか」

鶴次郎は、雑炊を食べ終えて箸を置いた。

「ああ。小坂浩太郎《こさかこうたろう》、藤沢采女正の側役だったよ。で、鶴次郎の方はどうだった」

「それが、桂田青洲の奴、日が暮れてから新シ橋の袂の卯之吉さんの店に行きましてね。乾弥十郎さんと逢ったんですよ」

「乾弥十郎と……」

半兵衛は眉をひそめた。

「ええ。そして明日の夜、藤沢采女正と家族、主だった家来たちは、翌日の法事に備えて品川の本陣に泊まると……」

鶴次郎の眼が鋭く輝いた。

「って事は、押し込むには、明日が一番都合が良い訳だな」

半兵衛は小さく笑った。

「ええ……」

鶴次郎は頷いた。

「旦那。乾弥十郎、小坂浩太郎からいろいろ聞き出しては、桂田青洲に報せているんですよ」

由松が身を乗り出した。

「きっとな……」

半兵衛は頷いた。

「乾弥十郎の野郎、天狗の仙蔵の一味だったんですかい」

由松は吐き棄てた。

「旦那……」

黙っていた半次が口を開いた。

「今夜、奉公帰りのおかよさんの前に新吾の旦那が現れましてね」

「新吾が……」

「はい……」

半次は頷き、密かに立ち聞きした新吾とおかよの話を語り始めた。そして、乾弥十郎が天狗の仙蔵の押し込みで責めを取らされた家来たちを庇《かば》って暇を出されたのを告げた。

「そんな乾さんが、天狗の仙蔵の一味に加わるでしょうか」

「じゃあ半次、乾弥十郎のしている事は……」

鶴次郎は眉をひそめた。

「うん。五年前に松岡家から暇を出されて以来、酒を飲み歩いて桂田青洲に近づき、藤沢家の事を教えた。そいつの裏には、押し込みとは違う狙いがあるんじゃあないかな」

半次は己の狙いを告げた。

「半次の親分。押し込みが狙いじゃあないなら、一体何なんですか」

由松は首を捻った。

「隠《かく》れ蓑《みの》かも知れないな」

半兵衛は睨んだ。

「隠れ蓑……」

由松は、半兵衛に怪訝な眼差しを向けた。

「うん。いずれにしろ勝負は明日だね」

半兵衛は苦笑し、囲炉裏に粗朶《そだ》を焼《く》べた。

粗朶は燃えあがり、音を立てて爆《は》ぜた。


昼が過ぎた。

木挽町の旗本・藤沢屋敷から紺唐草《こんからくさ》のビロードで覆われた女物の乗り物が二挺、家来や腰元に護られて出て行った。藤沢采女正の奥方と姫君が、明日の法事に備えて品川の本陣に向かったのだ。

桂田青洲の弟子の清純は、物陰から見送って三十間堀に架かる木挽橋の船着場に走った。そして、繋いであった猪牙舟に乗り、京橋川に向かった。

勇次は物陰にいる由松に合図を送り、猪牙舟の舫い綱を解いて清純を追った。

由松は見送り、藤沢屋敷の見張りを続けた。


上野元黒門町の裏長屋は昼下がりの静けさに包まれていた。

乾の家は、おかよも奉公先の料理屋『花乃井』に出掛け、弥十郎が一人いた。

半次は裏長屋の木戸に潜み、弥十郎が動くのを見張った。


亀戸天満宮は藤の花も咲き始め、参拝を兼ねた見物客が増えた。

雲海坊と鶴次郎は、斜向かいの荒物屋の納屋から桂田青洲の家を監視した。

清純が帰り、勇次が納屋に入って来た。

「清純の野郎、何処に行って来たんだ」

雲海坊は尋ねた。

「木挽町の藤沢屋敷です」

勇次は息を弾ませた。

「それで、奥方さまたちが品川に向かったのを見届けて戻って来ました」

「乾弥十郎の報せに間違いがないかどうか確かめていやがるんだ」

鶴次郎が苦笑した。

「勇次、藤沢采女正の殿さまも品川に行ったのか」

「いいえ。藤沢のお殿さまは今日のお役目を終え、お城から真っ直ぐ品川に行く手筈だと中間が云っていましたよ」

「じゃあ今夜、藤沢屋敷が手薄になるのは間違いないな」

鶴次郎は眉をひそめた。

「はい」

勇次は頷いた。

「鶴次郎さん。天狗の仙蔵、今夜押し込みを働きますぜ」

雲海坊は、厳しい面持ちで睨んだ。

「ああ……」

鶴次郎は頷いた。

北町奉行所の御用部屋に溢れる日差しは西に傾いた。

半兵衛は、濡縁の日溜りで転寝《うたたね》をしていた。

そろそろ戻って来ても良い頃だ……。

半兵衛は背伸びをし、吟味与力の大久保忠左衛門が戻るのを待った。

性急な足音が近づいて来た。

帰って来た……。

半兵衛は、姿勢を正して忠左衛門を迎えた。

「ご苦労さまにございます」

「待たせたな、半兵衛」

大久保忠左衛門は、半兵衛に厳しい一瞥を与えて御用部屋に入った。

「それで如何《いかが》でした」

「うむ。新番頭の藤沢采女正さま、明日法事と、御公儀に届けられてはおられなかった」

忠左衛門は白髪眉をひそめた。

「やはり……」

半兵衛は、己の睨みが当たったのを確信した。

「半兵衛、藤沢さまの法事、天狗の仙蔵に何か関わりがあるのか……」

忠左衛門は細い首を伸ばした。

「大久保さま、そいつは今夜分かります」

半兵衛は告げた。


北町奉行所を出ると外濠になり、呉服橋御門が架かっている。

半兵衛は呉服橋御門を渡った。神代新吾が橋の袂に固い面持ちで佇んでいた。

「どうした……」

「半兵衛さん。おかよの父親、乾弥十郎は盗賊と関わりありません」

新吾は、声を微かに震わせた。

「いいや、ある」

半兵衛は冷たく言い放った。

「半兵衛さん……」

新吾は、縋る眼差しで半兵衛を見つめた。

「新吾、一緒に来るがいい……」

半兵衛は、外濠沿いを京橋に向かった。

「半兵衛さん、何処に行くんですか……」

半兵衛は、返事も振り向きもせずに進んだ。新吾は付いて行くしかなかった。

陽は大きく西に傾き、辺りを赤く染めた。

元黒門町の裏長屋から乾弥十郎が現れ、御成街道を神田川に向かった。

動いた……。

半次は、裏長屋の木戸を出て乾を追った。

乾は、落ち着いた足取りで進んだ。落ち着いた足取りには、強い覚悟が秘められている。

半次は充分に間を取り、慎重に尾行した。


夕陽は沈み、夕闇が辺りを包んだ。

亀戸町の仕舞屋から桂田青洲と弟子の清純が現れ、足早に横十間堀に向かった。

鶴次郎と雲海坊は、荒物屋の納屋から出て追った。

青洲と清純は、横十間堀に架かる天神橋の船着場から猪牙舟に乗り、本所竪川に進んだ。

鶴次郎と雲海坊は、仕度をして待っていた勇次の猪牙舟に乗った。勇次は、櫓を巧みに操って追跡を開始した。

夜の闇が藤沢屋敷を覆った。

由松は、藤沢屋敷などの武家屋敷と往来一本を隔てて連なる町家の路地に潜んだ。

藤沢屋敷は表門を閉じ、静まり返っていた。

由松の腹の虫が鳴いた。

一人での見張りは、飯と小便に困る……。

由松は吐息を洩らした。

「ご苦労だね、由松……」

半兵衛が、新吾を連れて路地の奥からやって来た。

「旦那、こりゃあ新吾の旦那……」

由松は新吾に挨拶をした。

「どうだい」

半兵衛は藤沢屋敷を示した。

「へい。奥方さまたちが出掛けてからは、静かなもんです」

「そうか。握り飯と酒だ。私が見張る。一服してくれ」

半兵衛は、握り飯の包みと竹筒を渡した。

「こいつはありがてえ。お願いします」

由松は、握り飯の包みと酒の入った竹筒を手にし、半兵衛と見張りを交替した。

四半刻が過ぎた。

暗がりに提灯《ちょうちん》が揺れ、数人の武士がやって来た。

半兵衛は、由松や新吾と路地に身を潜めた。提灯を持った武士は小坂浩太郎だった。小坂たち数人の武士は、頭巾《ずきん》を被った大身武士を護るようにして藤沢屋敷の潜り戸に入って行った。

思った通りだ……。

半兵衛は苦笑した。

「旦那、誰ですかね」

由松は眉をひそめた。

「この屋敷の主で新番頭の藤沢釆女正さまだ」

「えっ。藤沢さまは品川の本陣に……」

由松は戸惑った。

「由松、そいつは誘いだよ」

「誘い……」

「うん。押し込ませる為のな」

「そういうわけですか……」

由松は感心して頷いた。

「半兵衛さん、押し込みってのは……」

新吾は事の次第が飲み込めず、困惑を浮かべていた。

「新吾、おかよの父親の乾弥十郎も来るはずだよ」

「乾弥十郎が……」

新吾は、満面に緊張を浮かべた。


三十間堀沿いの道は人通りも途切れ、流れの音だけが響いていた。

乾弥十郎は、木挽橋の袂にある居酒屋に入った。

半次は、木挽橋の袂で見届けた。

「半次……」

暗がりから鶴次郎の呼ぶ声がした。

半次は、暗がりにいる鶴次郎と勇次に気付き、駆け寄った。

「鶴次郎、桂田青洲、来ているのか」

半次は居酒屋を示した。

「ああ、弟子の清純を連れてな。雲海坊が様子を見に行っている」

「そうか……」

居酒屋の軒行燈の灯りは、蠟燭《ろうそく》が燃え尽きたのか激しく瞬いた。


居酒屋の入れ込みは衝立《ついたて》で仕切られ、客たちが酒を楽しんでいた。

雲海坊は、浅蜊《あさり》のぶっかけ飯を食べながら酒を啜っていた。そして、衝立で仕切られた隣にいる桂田青洲と清純、そして乾弥十郎の話に耳をそばだてていた。

乾は、猪口の酒を美味そうに飲み干した。

「何なら俺も手を貸そうか……」

「乾さん、こう見えても天狗の仙蔵だ。誰にも気付かれずに忍び込んでお宝をいただいて来る。素人は邪魔なだけだよ」

桂田青洲は、嘲笑を浮かべて酒を嘗めるように飲んだ。

「仙蔵、忍び込みの技は何処で覚えたんだ」

乾は手酌で酒を飲んだ。

「口減らしで売られた先が、旅回りの軽業《かるわざ》一座でね。もっともそいつは、軽業一座というより、盗人の一味だった。腹を減らした餓鬼《がき》には否応なしの忍びの技だ」

青洲は苦笑した。

「そいつは大変だったな」

乾は苦笑した。

「とにかく乾さん、お前さんとの関わりもこれまでだ」

青洲は、懐から切り餅一つを出して乾に渡した。

「かたじけねえ……」

乾は嬉しげに笑い、切り餅を懐に入れた。

居酒屋の腰高障子が開き、雲海坊が出て来た。

「こりゃあ半次の親分」

雲海坊は半次に挨拶をした。

「ご苦労だな、雲海坊」

「いいえ……」

雲海坊は、遊んでいる子供のように楽しげに笑った。

「で、どうだった」

鶴次郎は尋ねた。

「押し込みは間違いなく今夜。押し込むのは桂田青洲と弟子の清純の二人。乾弥十郎は探り出した事を金で売っている。そういった仲のようですぜ」

「よし。雲海坊、藤沢屋敷に半兵衛の旦那がいるはずだ。聞いた事を知らせてくれ」

「承知。じゃあご免なすって」

雲海坊は、草臥《くたび》れた衣を翻して武家屋敷街に走った。

亥《い》の刻四つ（午後十時）になった。

町木戸が閉められる刻限になり、居酒屋も軒行燈を消した。

桂田青洲と清純は、店の表で乾弥十郎と別れて武家屋敷街に向かった。

乾弥十郎は見送り、木挽橋を渡って行った。

半次は鶴次郎は桂田青洲と清純を追い、勇次は木挽橋の船着場に走った。

「そうしてくれ。じゃあな……」

勇次は意気込んだ。

「そいつは面白い。猪牙を隠してから藤沢屋敷に行きますぜ」

「よし。勇次、奴らは逃げるのも猪牙だ。奴らの猪牙舟を隠してしまえ」

「ああ。桂田青洲を追おう」

「半次……」

藤沢屋敷は静寂に包まれていた。

半兵衛は、雲海坊の報せを受けて天狗の仙蔵の押し込みに備えた。

夜の闇に二つの人影が浮かんだ。盗人装束に身を固めた桂田青洲こと天狗の仙蔵と、弟子の清純だった。

天狗の仙蔵と清純は、藤沢屋敷の表に不審がないのを見定め、暗がり伝いに近づいた。

半兵衛、新吾、雲海坊、由松は、息を潜めて見守った。

仙蔵と清純は、塀の陰に忍んで藤沢屋敷内の様子を探った。

藤沢屋敷内は物音一つせず、不穏な気配は感じられなかった。

「よし。行くぜ」

仙蔵は、不敵な笑みを浮かべて身軽に塀の上に跳んだ。清純が続いた。

「半兵衛さん……」

新吾が飛び出そうとした。

「まだだ……」

半兵衛は、新吾を止めて事態を見守った。

仙蔵と清純は、塀の上から藤沢屋敷の内側に跳び降りた。同時に、塀の向こうに藤沢家の家紋入りの高張《たかはり》提灯が次々に掲げられた。

「おのれ、盗賊。容赦はいらぬ。斬り棄てい」

藤沢采女正の怒声があがった。

盗賊・天狗の仙蔵と清純は罠《わな》に落ちた。

半兵衛は、新吾、雲海坊、由松と物陰を走り出た。

塀の内側では、争う音が響いて男たちの怒声が飛び交った。

「旦那……」

半次と鶴次郎が駆け寄って来た。

「流石《さすが》は上様をお護りする新番頭。仙蔵をまんまと誘い出して罠に嵌《は》めたようだ」

半兵衛は苦笑した。

「半兵衛さん……」

新吾が塀の上を見て叫んだ。

仙蔵と清純が、塀の上から血まみれになって転げ落ちて来た。半次と鶴次郎が、仙蔵の長脇差《ながどす》を取り上げて素早く押さえた。そして、雲海坊と由松が清純を捕らえた。手傷を負った仙蔵と清純に抗《あらが》う力は失せていた。

「追え。逃すでない。追え」

藤沢屋敷の表門が開き、小坂浩太郎たち家来が駆け出して来た。

「半次、二人を町方に連れ込め」

半兵衛は咄嗟《とっさ》に命じ、小坂たち家来の前に立ち塞《ふさ》がった。新吾は、半兵衛の背後を固めた。半次たちは、仙蔵と清純を往来を挟んだ木挽町五丁目の町方の地に引きずり込んだ。

「我らは旗本藤沢釆女正さま家中の者。屋敷内に忍び込んだ盗賊どもを渡して貰おう」

小坂は半兵衛に告げた。

「盗賊どもは、我ら北町奉行所が取り押さえました。その身柄、お渡しする事は出来ませんな」

半兵衛は平然と応じた。

「盗賊どもは、町奉行所の支配の及ばぬ武家屋敷に忍び込んだのだ。その裁きと仕置きは我らが勝手」

「だが、盗賊どもの身柄は、我らが町奉行所支配の町方の地で取り押えたもの……」

「黙れ」

半兵衛を厳しく一喝し、新番頭の藤沢釆女正が小坂たち家来の背後から現れた。

「大名旗本の屋敷だけに押し込んで嘲笑う小癪《こしゃく》な盗賊。この新番頭の藤沢釆女正がその首を刎《は》ねて成敗《せいばい》してくれる。盗賊どもをそれに引き据えい」

藤沢釆女正は、半兵衛を見据えて命じた。

「藤沢さま、罠を仕掛けて盗賊を誘き寄せる企て、お見事にございました。ですが、首を刎ねるには及びませぬ。天狗の仙蔵と配下の者は、手前どもがその余罪を明らかにして仕置致します」

半兵衛は怯えも昂りも見せず、藤沢采女正を見つめて淡々と応じた。

「その方、名は何と申す」

藤沢采女正は、半兵衛を鋭く睨み付けた。

「北町奉行所臨時廻り同心白縫半兵衛……」

半兵衛は小さく笑った。

「ならば白縫」

藤沢は遮《さえぎ》るように怒鳴った。

「はい」

「盗賊どもの始末、その方に任せよう。戻るぞ小坂」

藤沢采女正は苦笑し、小坂たち家来を従えて屋敷に戻って表門を閉めた。

半兵衛は、深々と吐息を洩らした。

「半兵衛さん……」

新吾は安堵を浮かべた。

「何だ手前」

その時、半次の怒声があがった。

半兵衛と新吾は、半次たちを振り返った。

白刃をかざした乾弥十郎が、半次たちを蹴散らして天狗の仙蔵に斬り付けた。

仙蔵が血を振り撒き、悲鳴をあげて倒れた。

半兵衛と新吾は走った。

半次、鶴次郎、雲海坊、由松が、乾に飛び掛かって激しく揉みあった。刹那《せつな》、清純が匕首《あいくち》を握り締めて乾の背後に体当たりした。

乾弥十郎は、背中を深々と抉《えぐ》られて凍《い》て付いた。

半次と雲海坊が、清純を殴り倒して縄を打った。乾は薄笑いを浮かべて崩れ落ちた。

一瞬の出来事だった。

半兵衛と新吾は、倒れた乾弥十郎に駆け寄った。

「乾、しっかりしろ乾……」

半兵衛は乾を揺り動かした。

「せ、仙蔵は……」

乾は、苦しげに半兵衛に尋ねた。

「鶴次郎、仙蔵はどうした」

半兵衛は、仙蔵の様子を見ていた鶴次郎に尋ねた。

「駄目です……」

鶴次郎は、仙蔵の恐怖に見開いた眼を閉じてやった。

「乾、天狗の仙蔵は死んだよ」

半兵衛は乾に囁いた。

「良かった……」

乾は、引き攣ったような笑みを浮かべて絶命した。

「乾……」

半兵衛は、絶命した乾弥十郎を呆然と見つめた。

「半兵衛さん、どうして乾は……」

新吾は声を震わせた。

「新吾、おそらく乾は仙蔵を恨んでいた。そしてこれ以上、自分のような浪人を出さない為に、仙蔵を斬った。違うかな」

「はい……」

新吾は項垂《うなだ》れた。

「半兵衛の旦那……」

「半次、乾の死体を長屋に運んでやってくれ。私は仙蔵の死体と清純を大番屋に連れて行く」

「承知しました」

「半兵衛さん……」

「新吾、お前も半次と一緒に行くか」

「はい……」

「そうだな。お前がおかよに父親の最期の様子を話してやるべきかもしれないな」

半兵衛は、乾弥十郎の死体に手を合わせた。


大名旗本の屋敷だけに押し込む盗賊・天狗の仙蔵は死に、配下の清純は捕らえられた。そして、その裏で乾弥十郎は死んでいった。

おかよは、父親の死を嘆き哀しんだ。新吾は、乾が天狗の仙蔵を斬り棄てて死んだ事を告げた。

「お父上は武士としての矜持《きょうじ》を守り、無念を晴らしたのです」

新吾はおかよを励ました。

「武士としての矜持や無念を晴らすより、私は父に生きていて欲しかった」

おかよは涙を零《こぼ》し続けた。

新吾に慰める言葉はなかった。


半兵衛は乾弥十郎の名を出さず、盗賊・天狗の仙蔵は藤沢采女正の屋敷に押し込んで返り討ちにされたとした。

「それでいいんですか、旦那……」

鶴次郎は、眉をひそめて酒を啜った。

「鶴次郎、乾弥十郎は天狗の仙蔵に探った事を金で売っていた。仙蔵が私たちに捕らえられれば、それが天下に知れる。いや、天下に知られるより、一人娘のおかよに知られるのを恐れたのかも知れない。だから、仙蔵を斬り棄てた」

半兵衛は、手酌で猪口に酒を満たした。

「じゃあ、乾弥十郎は藤沢屋敷の押し込みだけじゃあなく……」

由松は戸惑いを浮かべた。

「他の旗本屋敷の知り合いの家来にも探りを入れ、摑んだ事を仙蔵に売っていた」

「本当ですか……」

雲海坊は眉をひそめた。

「うん。清純がそう白状したし、藤沢家の家来の小坂浩太郎が、采女正が仕組んだ誘いの罠に乾は一切関わりはない、と証言したよ」

「じゃあ、乾弥十郎は……」

「いろいろ訊いて来るので怪しみ、ひょっとしたらと思い、利用したまでだそうだ……」

半兵衛は酒を飲んだ。

「旦那。そいつを新吾の旦那には……」

半次は沈痛な面持ちになった。

「いいや。乾弥十郎は死んだ。これ以上、おかよを哀しませる事もあるまい」

「そうですね」

半次は安心したように微笑んだ。

「みんな、世の中には私たち町方の者が知らん顔をした方が良い事もある。私はそう思っている……」

半兵衛は小さく笑った。

「まったくです。さあ、旦那、どうぞ……」

勇次は、半兵衛を始めみんなに酒を注いで廻った。

「さあ、勇次……」

半次は、勇次の猪口に酒を満たした。

「こいつは畏れ入ります」

「さあ、みんな、もうじき魚屋が初鰹《はつがつお》を届けてくれる。飲んでくれ」

半兵衛は、猪口の酒を飲み干した。

夜風が障子の開け放たれた濡縁から吹き抜けた。

第二話　迷い猫

一

首に赤い組紐《くみひも》を巻いた三毛猫《みけねこ》は、半兵衛を見上げて鳴いた。

洗濯物を干していた半兵衛は、足許に三毛猫がいるのに気が付いた。

「ほう。お前さん、何処《どこ》の子だい」

半兵衛はしゃがみ込み、三毛猫に手を差し出した。三毛猫は、怯《おび》えもせずに半兵衛に近寄った。

人に馴れている飼い猫か……。

半兵衛は、三毛猫を抱きあげて小さな頭を撫でた。三毛猫は喉を鳴らした。その時、首に巻かれた赤い組紐に文字が書かれた小さな布切れが結ばれているのに気付いた。

半兵衛は文字を読んだ。『亀島町《かめじまちよう》川岸通《かしどお》り、飾り結び屋なつ方たま』

布切れに書かれた女文字は達筆だった。
「お前さんは、飾り結び屋のなつさんのところのたまか……」
三毛猫は返事をするように鳴いた。
半兵衛の暮らす組屋敷は北島町《きたじまちょう》にあり、亀島町川岸通りは大して遠くはない。
三毛猫は散歩にでも出て迷子になったのかも知れない。
「よし。たま、家に送ってやるぞ」
半兵衛は、着流しに脇差姿で三毛猫を抱いて組屋敷を出た。
亀島川は八丁堀《はっちょうぼり》と霊岸島《れいがんじま》の間を流れ、鉄砲洲波除稲荷《てっぽうずなみよけいなり》の傍から江戸湊《えどみなと》に注いでいた。
半兵衛は、三毛猫のたまを抱いて亀島町川岸通りの自身番に向かった。
江戸湊に近い亀島町川岸通りには潮の香りが漂っていた。
八丁堀は組屋敷などの武家地と町家とが入り混じった処であった。
飾り結び屋のおなつの家は、自身番ですぐに分かった。
半兵衛は三毛猫のたまを抱き、亀島町川岸通りを飾り結び屋のおなつの家に向かった。

おなつの家は、板塀の廻された仕舞屋《しもたや》だった。

「ご免、どなたかおいでになるかな」

半兵衛は、木戸口から仕舞屋に声を掛けた。

「はい……」

庭先から三十歳前後の落ち着いた雰囲気の女が出て来た。

三毛猫のたまは、急に鳴きながら足を突っ張り、半兵衛の腕から逃げ出そうとした。

「あっ、たま……」

女は、満面に喜びを浮かべて三毛猫のたまに手をのばした。半兵衛は、女に三毛猫のたまを渡した。

「何処に行っていたの、心配したのよ」

女は、三毛猫のたまに頬ずりをして喉を撫でた。三毛猫のたまは喉を鳴らした。

「飾り結び屋のなつさんかな」

半兵衛は微笑《ほほえ》んだ。

「あっ、これはご無礼致しました。たまがご迷惑をお掛けしたようで……」

「迷惑は掛けられちゃあいないが、家に迷い込んで来たものでね」

「それはそれは、私は飾り結びを生業《なりわい》にしているなつと申します。この度はたまたまがお世話になり、ありがとうございました」

「いや、なに。私は白縫半兵衛と申します」

「あの。よろしければお茶でも……」

おなつは微笑み、半兵衛を茶に誘った。


庭には紫陽花《あじさい》が咲き始めていた。

半兵衛は濡縁《ぬれえん》に腰掛け、婆やの出してくれた茶を啜《すす》った。

おなつは、三毛猫のたまを膝に抱いて優しく撫でていた。たまは心地良さそうに眼を閉じていた。

「まあ、北島町の御組屋敷まで……」

「うん。小鳥でも追って来たのかも知れん」

「はい。御組屋敷にお住まいならば、白縫さまは町奉行所のお役人さま……」

「うん。北町奉行所の臨時廻り同心ですよ」

半兵衛は小さく笑った。

「そうですか、同心の旦那ですか……」

「おなつさんは、飾り結びを作っているのですか」

半兵衛は、部屋の隅に置かれている糸巻き台や棒台を示した。

「はい。左様にございます」

飾り結びには、総角《あげまき》結び、胡蝶《こちょう》結び、けまん結び、菊結び、梅結びなどがあり、帯や羽織、茶道具、そして甲冑《かっちゅう》や刀などに使われていた。

「飾り結びか……」

「あっ、そうだ、白縫さま。私、たまをお連れ下さったお礼に十手につける飾り結びをお作り致します」

おなつは、自分の思い付きに顔をほころばせた。

「ほう。そいつはいいねえ」

半兵衛は微笑んだ。


八丁堀御組屋敷街は、西を楓川、北を日本橋川、南を八丁堀、そして東を亀島川に囲まれていた。

半兵衛は、亀島町川岸通りを北島町の組屋敷に戻り、庭先に廻った。

「旦那……」

岡っ引の半次は、微かな苛立ちを浮かべて庭先にいた。

「やあ、半次。茶でも飲むか……」

非番の半兵衛は、のんびりと茶を淹《い》れようとした。

「旦那、お茶どころじゃありません。大久保さまがお呼びにございます」

「大久保さまが……」

半兵衛は眉をひそめた。

「はい。偶《たまたま》々御番所の腰掛にいたところ、大久保さまが出先からお戻りになられ、あっしの顔を見るなり、半兵衛を呼べと……」

半次は怯えを滲《にじ》ませた。

半兵衛は、北町奉行所吟味与力大久保忠左衛門が白髪頭を振り、こめかみに青筋を浮かべ、細い首の筋を伸ばして怒鳴る姿を思い浮かべ、思わず苦笑した。

「さ、旦那。急いで下さい」

半次は急かせた。

「落ち着け半次。今日は非番だ」

「旦那が非番の事は、あっしも申し上げました。そうしたら、馬鹿者と怒鳴られて……。さあ旦那、早く御番所に行きましょう」

半次は、半兵衛の手を取らんばかりに頼んだ。

「分かった。分かった……」

半兵衛は苦笑し、北町奉行所に行く仕度を始めた。


大久保忠左衛門は、満面に苛立ちを浮かべて半兵衛を待っていた。

「それで大久保さま、ご用とは……」

半兵衛は尋ねた。

「うむ。半兵衛、近こう寄れ」

忠左衛門は、喉を引き攣《つ》らせて苛立ちを押さえた。

「はい……」

半兵衛は膝を進めた。

「実はな半兵衛……」

忠左衛門は、障子を閉め切った狭い用部屋を見廻して声をひそめた。

「鍵役《かぎやく》同心の堀田平左衛門《ほったへいざえもん》が、三日前から行方知れずになった」

「鍵役同心が行方知れず……」

半兵衛は眉をひそめた。

鍵役同心とは、伝馬町《てんまちょう》牢屋敷の牢屋同心であり、囚獄《しゅうごく》の石出帯刀《いしでたてわき》の支配下にあった。

牢屋同心は、牢内の取締り、事務や監督などを行い、鍵役同心の他に、数役《かずやく》同心、小頭同心、世話役同心、書役《かきやく》同心などがいた。鍵役同心は、牢屋同心の中でも上席の二名が勤め、牢屋の鍵を管理していた。

その鍵役同心の一人、堀田平左衛門が行方知れずになったのだ。

「堀田どのの家は……」

「それが、牢屋敷内の役宅だ……」

牢屋敷の敷地内には、囚獄の石出帯刀の役宅と同心たちの役宅があった。

「では、どこで行方知れずに……」

半兵衛は首を捻った。

「それが三日前に出掛けたきり帰って来ないので、家族が昨日一昨日と心当たりを探し廻ったのだが、何処にもいないそうだ」

「では、預かっている牢屋の鍵は……」

「それが無事にあるそうだから、鍵を巡っての事ではなさそうだ」

忠左衛門はそう読んでみせた。

「大久保さま、そうとは限りません」

「何……」

忠左衛門は眉をひそめた。

「堀田どのが、すでに合鍵を作っていたらそれまでの話です」

「合鍵……」

忠左衛門は虚を突かれた。

「はい……」

半兵衛は頷《うなず》いた。

「もしそうだとしたら、どうする半兵衛」

忠左衛門は不安を浮かべた。

「牢屋敷の警固を厳しくし、堀田どのの行方を追うしかございますまい」

「よし、分かった。儂《わし》は牢屋敷の石出さまに警固を厳しくするように伝える。その方は堀田の行方を追ってくれ。誰かある。牢屋屋敷見廻り同心を呼べ、牢屋屋敷見廻り同心を……」

忠左衛門は、足音を性急に鳴らして用部屋を出て行った。

牢屋敷見廻り同心は町奉行所の同心であり、牢屋敷の牢屋同心とは違うものである。

忠左衛門は、囚獄の石出帯刀の許に牢屋敷廻り同心を走らせようとした。

非番は終わった……。

半兵衛は、吐息を洩らして苦笑した。

北町奉行所を出た半兵衛は、半次を伴って外濠に架かる呉服橋御門を渡り、小伝馬町の牢屋敷に向かった。

「それで旦那、大久保さまのご用とは……」

半次は声をひそめた。

「それなのだが……」

半兵衛は、鍵役同心の堀田平左衛門が三日前から行方知れずになった事を教えた。

「そいつは大変だ」

半次は厳しい面持ちになった。

三日前、堀田平左衛門は何処に出掛けたのか。そして、堀田が親しくしていた囚人はいたのか……。

半兵衛は、とりあえずその二つが知りたく、先を急いだ。やがて、行く手に堀と忍返《しのびがえ》しの付けられた高さ七尺八寸の練塀《ねりべい》に囲まれた牢屋敷が見えてきた。

牢屋敷の敷地は二千六百七十七坪あり、表門を入ると左側に内塀があり、牢が連なっている。そして、右側に石出帯刀の役宅や牢屋同心たちの長屋があり、奥に死罪場などがあった。

鍵役同心堀田平左衛門の家も同心長屋にあり、中年のお内儀《ないぎ》と十四歳になる娘と九歳の倅《せがれ》がいた。

半兵衛はお内儀たち家族に逢い、半次は牢屋同心の下で雑用を務める牢屋下男《しもおとこ》たちに聞き込みを掛けた。

「如何《いかが》でした」

「うん。堀田さん、三日前の申《さる》の刻七つ（午後四時）過ぎに出掛けたそうだ」

「門番も同じ事を云っていました。で、何処に行ったかは……」

「そいつは、お内儀たちも知らないそうだ」

「そうですか……」

「それで半次。堀田さん、どんなお人だい」

「そいつが、浮いた話の一つもない真面目な方で別に変わったところもなかったと……」

「そうか。で、親しくしていた囚人はいたのかな」

「そいつなんですが、堀田さまは揚《あが》り屋《や》に入れられている御家人あがりの医者と時々話し込んでいたそうですよ」

「御家人あがりの医者……」

半兵衛は眉をひそめた。

「ええ、田中玄庵《たなかげんあん》って医者だそうです」

「田中玄庵、どうして牢に入れられているのかな」

「なんでも患者に毒を盛って殺した罪です」

「患者に毒を盛った医者ねえ。よし、逢ってみよう」

半兵衛と半次は、もう一人の鍵役同心の許しを得て下男の案内で牢に向かった。

牢には、町方の者を入れる大牢、無宿人を入れる二間牢、女牢、そして身分のある者や旗本などを入れる揚り座敷と、やや身分のある者を入れる揚り屋があった。

田中玄庵は、元御家人の医者という事で揚り屋に入れられていた。

半兵衛と半次は、下男が田中玄庵を当番所に連れて来るのを待った。

田中玄庵は、下男に連れられて当番所に現れた。玄庵は、半兵衛と半次を見て小さく苦笑した。

「お前さんが田中玄庵かい……」

半兵衛は迎えた。

「ええ、堀田さんの事ですか……」

玄庵は、堀田平左衛門が行方知れずになったのを知っていた。

「誰に聞いたんだい」

「囚人はみんな知っていますよ」

玄庵は苦笑した。

牢屋敷の狭い空間に押し込められ、世間から切り離されている囚人たちの間に噂が流れるのは早い。

「それなら話は早い」

半兵衛は笑った。

「で、お前さん、堀田さんと時々話し込んでいたそうだが、何か聞いているかい」

「いいえ、別に……」

「本当かな」

「ええ、私は何も知りませんよ」

玄庵は、半兵衛から眼を逸らした。

「ま、いいだろう」

半兵衛は田中玄庵を揚り屋に戻し、もう一人の鍵役同心に挨拶をして牢屋敷を後にした。


半兵衛は、牢屋敷を振り返った。

牢屋敷は暗く沈んでいた。

「半次、田中玄庵が患者に毒を盛った一件、ちょいと調べてくれないか」

「旦那……」

半次は戸惑った。

「半次、こいつは私の勘だけどね。田中玄庵、堀田平左衛門の行方知れずに関わりあるような気がするんだよ」

「玄庵が……」

「うん。玄庵の一件の覚書は、例繰方《れいくりかた》にあるはずだ」

「分かりました」

半兵衛と半次は北町奉行所に急いだ。


北町奉行所には張り詰めた気配が漂っていた。

半兵衛と半次は戸惑った。

「半兵衛さん、半次の親分……」

同心詰所に神代新吾がいた。

「おう。何かあったのか新吾」

「行方知れずになっていた牢屋同心が土左衛門《どざえもん》であがりましたよ」

新吾が眉をひそめて告げた。

「旦那……」

半次が、土左衛門が鍵役同心の堀田平左衛門だと目顔で告げた。

「うん。で、土左衛門、何処にあがったんだ」

「本湊町《ほんみなとちょう》の沖合、佃島《つくだじま》との間の海だそうです」

「海か……」

「本湊町で海に入ったのか、繋がっている亀島川から流されたか、それとも亀島川に続く八丁堀か……」

本湊町の長屋に住んでいる半次は、堀田が何処で海に入ったのか思いを巡らせた。

「よし。半次、新吾に事の次第を説明して覚書を出して貰え。私は本湊町に行ってくる」

「承知しました」

半兵衛は、半次を残して本湊町に急いだ。

江戸湊の沖には千石船《せんごくぶね》が停泊し、艀《はしけ》が行き交っていた。

半兵衛は、八丁堀組屋敷街を抜けて亀島川沿いを進み、八丁堀に架かる稲荷橋《いなりばし》を渡った。そこには鉄砲洲波除稲荷があり、本湊町が海辺に続いていた。

半兵衛は、本湊町の自身番に向かった。

「旦那……」

自身番には鶴次郎が来ていた。

「やあ。来ていたのかい」

「はい。仏さんは自身番の板の間でして、牢屋敷見廻りの松野《まつの》の旦那がお見えです」

「そうか、一緒に来てくれ」

半兵衛は、鶴次郎を連れて自身番に入った。

自身番は三畳の畳の間があり、奥にやはり三畳の板の間が続いている。海から引き上げられた堀田平左衛門の遺体は、奥の板の間に安置されていた。

「やあ……」

「こりゃあ半兵衛さん。ご苦労さんです」

半兵衛は、付き添っていた牢屋敷見廻り同心の松野文五郎《ぶんごろう》に挨拶をし、堀田の死体を検《あらた》めた。堀田の身体には、毛筋ほどの傷も首を絞められた痕跡もなかった。

「堀田さん、水を飲んでいたかな」

半兵衛は松野に聞きながら、紙入れなどを調べ始めた。

「どうだった」

松野は、自身番の店番に尋ねた。

「はあ、水はあまり飲んではいなかったかと思いますが……」

店番は自信なさげに答えた。

「そうか……」

堀田の紙入れには、僅かな金が入っているだけで妙な物はなかった。

「旦那、水を飲んでいないとなると、殺されてから海か川に放り込まれたんですかね」

「うん。だが、斬られたり刺されたりしていなければ、首を絞められているわけでもない」

「って事は……」

鶴次郎は眉をひそめた。

「毒でも盛られたかな……」

半兵衛は、田中玄庵が毒を盛って人を殺したのを思い出した。

「毒……」

鶴次郎は戸惑った。

「たとえばの話だよ」

半兵衛は小さく苦笑し、堀田の濡れた着物を探った。着物の裾に固く尖った小さな物が刺さっていた。半兵衛は、固く尖った小さな物を着物の裾から抜いた。

それは、猫の爪だった。

「猫の爪ですか……」

鶴次郎が覗き込んだ。

「うん」

猫は爪を研《と》ぎ、古い物を抜け殻のように棄てる。おそらく、猫は堀田の着物の裾で爪を研いだのだ。

「半兵衛さん。堀田さんの遺体、どうしましょう」

松野は、持て余したような眼差しを向けた。

「もう、いいよ。家族に返してやるんだね」

半兵衛は、猫の爪を手拭に挟んで懐《ふところ》に仕舞った。

「はい」

松野は苦役《くえき》から解き放たれたように安堵し、堀田の遺体を牢屋敷に運ぶ手配りを始めた。

「造作を掛けたね」

半兵衛は自身番の者たちを労《ねぎら》い、鶴次郎を促して外に出た。

「旦那、半次は……」

「実はな、鶴次郎……」

半兵衛は、堀田平左衛門が三日前から行方知れずになり、半次と一緒に探索を始めたばかりだと教えた。

「そうだったのですか……」

鶴次郎は頷いた。

「うん。堀田さん、三日前に何処に行ったのか……」

「分かりました。堀田さんの足取り、探して見ますよ」

「頼む」

「はい。じゃあご免なすって……」

鶴次郎は、海辺の道を走り去った。

牢屋敷の鍵役同心堀田平左衛門は、三日前何処に出掛けたのか……。

堀田の着物の裾で爪を研いだ猫は、出掛けた先にいたのか……。

そして、堀田はどうして殺されたのか……。

その理由を知っているのは、揚り屋にいる御家人あがりの医者田中玄庵なのかも知れない。

半兵衛の直感がそう囁《ささや》いた。

鴎《かもめ》が飛び交い、波は途切れることなく打ち寄せている。

半兵衛は、懐から手拭を出して広げた。

猫の爪は、日差しを浴びて微かに光った。

半兵衛は、組屋敷に迷い込んで来た猫のたまを思い出した。そして、それは飾り結び屋のおなつの笑顔に変わった。

江戸湊は昼下がりの日差しに輝き、行き交う千石船を黒い影にして揺らしている。

半兵衛は眩《まぶ》しげに眼を細めた。

二

町医者の田中玄庵は、田中小五郎《こごろう》という名の百石取りの御家人の三男坊だった。御家人の部屋住みだった小五郎は、家督も継げず養子の口もなく五年前に町医者になり、名を玄庵と改めた。

田中玄庵は、腕も評判も良い町医者だった。そして、半年前に日本橋数寄屋《すきや》町《ちょう》の呉服問屋『丸角《まるかく》』の隠居の宗右衛門《そうえもん》に毒を盛って殺した罪で捕らえられた。

宗右衛門は、胃の腑《ふ》を患《わずら》っており玄庵の患者だった。玄庵は、その宗右衛門に鳥兜《とりかぶと》や河豚《ふぐ》の毒を調合した毒薬を盛って殺した。

宗右衛門は、玄庵にとって長年の患者であり、商いでいえばご贔屓客《ひいききゃく》といえた。その宗右衛門を玄庵は殺した。月番だった南町奉行所の同心は、玄庵を捕らえて殺した理由を厳しく問い質《ただ》した。だが、玄庵は宗右衛門に毒を盛ったのは認めたが、その理由については一切口を噤《つぐ》んだ。

月番は南町奉行所……。

半次は、岡っ引の柳橋の弥平次の許に急いだ。弥平次は、南町奉行所の定町廻り同心神崎和馬《かんざきかずま》から手札を貰っている老練な岡っ引であり、半兵衛や半次たちとも親しい間柄だった。

船宿『笹舟』の座敷には、大川からの川風が心地良く吹き抜けていた。

「半年前の宗右衛門殺し、俺たちは関わりなかったが、噂はいろいろ聞いているよ」

岡っ引の柳橋の弥平次は眉をひそめた。

「はい。それで親分、田中玄庵が宗右衛門さんに毒を盛った理由、まったく分からなかったのですかね」

半次は尋ねた。

「そいつなんだがな。扱った吟味《ぎんみ》与力、秋山久蔵《あきやまきゅうぞう》さまじゃあなくてな。玄庵が毒を盛ったのを白状したら、殺した理由はどうでもいいって方でな。結局は理由は分からず仕舞いで牢屋敷送りだ」

「酷《ひど》い話ですね」

「ああ。事件を探索した定町廻りの同心の旦那によれば、殺した理由と思える事は幾つかあったそうだ」

「たとえば、どんな事か分かりますか……」

半次は身を乗り出した。

「半次、田中玄庵の件、今度の堀田平左衛門さまの一件と関わりがあるのかい」

「半兵衛の旦那はそう睨《にら》んでいます」

「そうかい、半兵衛の旦那がな……」

「はい」

半次は頷いた。

「半次、玄庵が隠居の宗右衛門に毒を盛った理由は、倅《せがれ》で今の丸角の旦那に金で頼まれてやった……」

弥平次は声をひそめた。

「倅の旦那がどうして……」

「そいつなんだが、宗右衛門さんは隠居したといっても何かと商売に口を出し、倅の旦那にしてみりゃあ苛立ちもするし腹も立つ。それでな……」

弥平次は苦い面持ちになった。

「じゃあ、邪魔だからって事ですか」

半次は微かに呆れた。

「ああ。それからもう一つ……」

「何ですか……」

半次は身を乗り出した。

「女だよ」

「女……」

半次は戸惑った。

「うん。宗右衛門さん、隠居をしてからも女遊びはいろいろあったそうでな。その揉め事に玄庵が関わり、宗右衛門さんに毒を盛ったって睨みだ」

「宗右衛門さんと女との揉め事ですか……」

「ああ……」

弥平次は頷いた。

「で、親分はどう見ます」

「半次、俺の睨みじゃあ女との揉め事だな」

「女ですか……」

「うん。幾ら口煩《くちうるさ》い隠居でも父親だ。医者に金を渡して毒を盛らせるような真《ま》似《ね》はしないだろう」

「成る程。で、親分、その時に宗右衛門さんと関わっていた女、分かりますか」

「さあ、そこまではな……」

弥平次は首を横に振った。

日差しは西に傾き、弥平次と半次のいる座敷は暗く翳《かげ》り始めた。

小伝馬町牢屋敷は夕闇に包まれ、仕事を終えた同心たちは家路についた。

牢屋敷の同心は、鍵役などを除いて神田鍋町《なべちょう》や米沢町《よねざわちょう》などに与えられた屋敷から通って来ていた。

書役同心の大森新八郎《おおもりしんぱちろう》は、神田鍋町にある屋敷に向かった。

今日の牢屋敷は大変な一日だった。

行方知れずになっていた鍵役同心の堀田平左衛門が死体で見つかり、牢屋敷は奉行の石出帯刀以下激しい緊張に包まれた。大森たち同心は、石出帯刀に堀田平左衛門の死に心当たりがないか厳しく問い質された。同心たちにとり、頭を低くして厳しさが通り過ぎるのを待つ半日だった。

大森新八郎は、紺屋町《こんやちょう》三丁目の藍染橋《あいぞめばし》に差し掛かった。

藍染橋の袂《たもと》に小さな居酒屋があり、灯りが洩れていた。

神田鍋町の屋敷に帰ったところで、病弱な老母が薬湯の臭いを漂わせているだけだ。大森は辺りを見廻し、そそくさと居酒屋の暖簾《のれん》を潜った。

湯呑茶碗の酒は胃の腑に染み渡った。

大森は、緊張がようやく解けていくのを感じ、深々と吐息を洩らした。

狭い店に客はいなく、大森は一人、浅蜊《あさり》の佃煮《つくだに》を摘まみながら酒を飲んだ。

「邪魔するよ」

客が入って来て大森の隣に座った。

「いらっしゃい……」

店の親父が無愛想な声で迎えた。

「酒と筍の煮物を貰おうか……」

大森は、隣に座った客の声に聞き覚えがあり、ちらりと窺《うかが》った。

「白縫さん……」

隣に座った客は半兵衛だった。

「やあ。大森さん……」

半兵衛は微笑み、湯呑茶碗に満たされた酒を啜った。

大森に緊張が蘇《よみがえ》った。八丁堀の組屋敷に住んでいる半兵衛が、藍染橋の袂の何の名物もない居酒屋に一人で酒を飲みに来た理由は唯一つしかない。

「何かご用ですか……」

大森の喉が微かに引き攣った。

白縫半兵衛は、〝知らぬが半兵衛〟と渾名《あだな》されている北町奉行所の臨時廻り同心だ。渾名の謂《いわ》れは良く分からないが、腕利きの同心だと噂されている。

「うん。堀田さんの事を教えて欲しくてね」

半兵衛は、何のけれんもなく大森に笑い掛けた。

「私は何も知りません」

大森は、湯呑茶碗の酒を飲んで緊張を隠した。

「立派過ぎるんだよな、堀田さん。お役目に熱心で真面目……」

半兵衛は、酒を啜って筍の煮物を食べた。

「勿論《もちろん》そうなんだろうが、それ以外のところだって必ずあるはずだ。そうは思わないかい」

「えっ、ええ……」

大森は思わず頷いた。

「堀田さん、十日に一度の割で出掛けて遅く帰って来ていたそうだが、何処で何をしていたのか聞いた覚えはないかな」

半兵衛は、顔見知りの下男に聞いたのを内緒にして尋ねた。

「別に何も……」

大森は、そう云いながらも堀田平左衛門の意外な一面を思い出し、思わず眉を曇らせた。

「何か思い出したようだね」

半兵衛は、大森の表情の変化を見逃さなかった。大森は吐息を洩らし、湯呑茶碗の酒を飲み干した。

「白縫さん。堀田さんは時々、女の処に出掛けていたようですよ。父っつぁん、酒をくれ」

大森は、自分の云った言葉を打ち消すように酒のお代わりを頼んだ。

「女……」

半兵衛は、思わず眉をひそめた。

大森は、店の親父が湯呑茶碗に満たしてくれた酒を啜った。

「女、何処の誰かな……」

「知りません」

「じゃあ、どうして……」

「堀田さんが、何人かで金を出し合って一人の女を囲い、それぞれ日にちを決めて通う仕組があるそうだと、感心していましてね」

女の仕事が限られている時、妾奉公《めかけぼうこう》も女の職業の一つとされていた。

「堀田さん、その妾の仕組に入っていたのかな」

「ええ。妾奉公の仕組、やっぱり本当だったと笑っていましたから、きっと……」

堀田は、十日に一度の割で女の処に通っていたのだ。

「堀田さんにそいつを教えたの、誰なのかな」

半兵衛は首を捻った。

「白縫さん、牢の中にはその手の話で同心の気を引こうって奴、嫌って程いますよ」

大森は吐き棄てた。

「邪魔するぜ」

仕事帰りの職人たちが賑やかに入って来た。

「よし。話はこれまでだ。父っつぁん、こっちに酒を二つだ」

半兵衛は話を打ち切った。

大森は、安心したように小さな吐息を洩らした。

囲炉裏《いろり》の火は燃え、掛けられた鍋が音を立て始めた。

「田中玄庵、数寄屋町の呉服問屋の隠居に毒を盛ったのか……」

「はい。半年前、自分の患者だった丸角のご隠居の宗右衛門さんに……」

半次は鍋の蓋《ふた》を取った。出汁《だし》の匂いが漂った野菜雑炊《ぞうすい》が出来ていた。

「田中玄庵、毒を盛ったのは認めているんだね」

「はい。ですが、毒を盛った理由はどうしても云わなかったそうです。どうぞ……」

半次は、茶碗に雑炊をよそって半兵衛に差し出した。

「すまないね。いただくよ」

半兵衛は雑炊を啜った。

「こいつは美味《うま》い……」

「そりゃあ良かった」

半次も雑炊を食べ始めた。

「毒を盛った理由は云わないが、殺したのは認めたんだな」

「はい。弥平次の親分の睨みじゃあ、女が絡んでいるじゃあないかと……」

半兵衛と半次は残り物の飯と味噌汁《みそしる》、そして野菜屑《くず》で作った雑炊を食べ、それぞれが摑んだ事を話し合った。

「弥平次の親分がそう云ったか……」

半兵衛は箸《はし》を止めた。

「はい」

「ひょっとしたら田中玄庵、女を庇《かば》っているのかも知れないな」

半兵衛は眉をひそめた。

「あっしもそう思い、明日から宗右衛門のご隠居と玄庵に関わりのある女を探そうと思っています」

「うん。頼むよ」

「で、旦那の方は如何でした」

「それなんだがね。堀田さん、妾を囲っていたかも知れないんだよ」

「妾を囲うって、こう云っちゃあ何ですが、牢屋同心の旦那がですかい」

牢屋同心は、町奉行所の同心と同じ貧乏御家人であり、妾を囲う程の金はないはずだ。

半次は首を捻った。

「それなんだがね……」

半兵衛は苦笑し、大森新八郎から聞いた妾の囲い方を教えた。

夜は静かに更けていった。

紫陽花は朝露に濡れた。

廻り髪結の房吉も帰り、半兵衛は出仕の仕度を始めた。半次と鶴次郎は、半兵衛の組屋敷に寄らず、真っ直ぐにそれぞれの探索に向かったはずだ。

半兵衛は着替え、屋敷の戸締りを始めた。

「ごめん下さい……」

すでに戸締りをした玄関に女の声がした。

半兵衛は返事をし、台所の勝手口を出て玄関先に廻った。

玄関先にはおなつが佇《たたず》んでいた。

「やあ、おなつさんですか……」

半兵衛は微笑んだ。

「お早うございます。朝早く、急に訪れたのをお許し下さい」

おなつは、半兵衛に挨拶をして詫びた。

「いいえ。出掛ける前で良かった。それで私に何か……」

「はい。これを……」

おなつは、赤い絹の組紐で小さな梅の花の飾り結びを連ねた朱房《しゅぶさ》を出した。

「ほう、これは見事な……」

半兵衛は眼を丸くした。

「たまをお連れ下さったお礼の十手の朱房です。よろしければどうぞお使い下さい」

「それはそれはかたじけない」

半兵衛は、飾り結びの朱房を受け取った。

「では、これで……」

おなつは一礼し、木戸門に向かった。

「あっ、送りますよ」

半兵衛は、飾り結びの朱房を懐に入れておなつを追った。


亀島川には江戸湊の千石船から荷物を運ぶ艀が行き交っていた。

半兵衛とおなつは、亀島川の川岸通りをおなつの家に向かった。

「お役目、お忙しいのですか……」

「えっ、ええ、まあ……」

半兵衛は言葉を濁した。

「そういえば、昨日、海にお役人さまの死体が浮かんだそうですね」

おなつは眉をひそめ、堀田平左衛門の事を云い出した。

「ええ。小伝馬町の牢屋敷の同心です」

「殺されたのですか……」

おなつは、恐ろしげに声を震わせた。

「きっと……」

「それで白縫さまが探索を……」

おなつは、日差しを背にして半兵衛を振り返った。その顔は翳り、表情は良く見えなかった。

「ええ……」

半兵衛は頷いた。

「下手人《げしゅにん》、分かったのですか」

「いいえ。まだ皆目。何もかもこれからですよ」

「そうですか、大変ですね」

おなつは、半兵衛に同情の眼差しを向けた。

「まあ。それが役目ですから……」

半兵衛は苦笑した。

おなつの猫の鳴き声が聞こえた。

「たま……」

おなつは立ち止まり、辺りにたまを探した。

三毛猫のたまが路地から現れ、おなつの足許に身体をすり寄せた。おなつは、たまを抱き上げて喉を撫でた。

「たま、遊んでいたのかい」

半兵衛は、おなつに抱かれた三毛猫のたまに話し掛けた。だが、たまは半兵衛に背を向け、おなつに向かって鳴いた。

「どうしたの」

おなつはたまに話し掛けた。たまは返事をするように鳴き、喉を鳴らした。

「あら、そうなの、お腹が空いたの」

おなつは、たまの鳴き声が分かるかのように話し掛けた。

「白縫さま、送っていただきましてありがとうございました。もう、ここで結構です」

おなつは、たまを抱いて半兵衛に礼を述べた。

「そうですか。私の方こそ飾り結びの朱房、かたじけのうござった」

半兵衛は微笑んだ。

「はい。それでは失礼致します。ご免下さい」

おなつは、三毛猫のたまを抱いて板塀の木戸に入って行った。

半兵衛は眩しげに見送った。

亀島川の煌《きら》めく流れの向こうには、鉄砲洲波除稲荷の木々の緑が揺れていた。

三

外濠鍛冶橋《かじばし》御門傍に流れる京橋川は、楓川と交差して八丁堀となり、鉄砲洲波除の脇から江戸湊に注ぎ込む。

鶴次郎は、御組屋敷のある八丁堀北岸沿いの〝本八丁堀〟から南岸の〝南八丁堀〟に聞き込み掛けた。だが、八丁堀の両岸に争った痕跡はなく、堀田平左衛門を見掛けた者もいなかった。

鶴次郎は、聞き込みの場を亀島川沿いに変えた。亀島川は日本橋川から亀島町川岸通りと霊岸島の間を流れ、八丁堀と合流している。

霊岸島は、その昔は〝江戸の中島〟と称されていた。だが、霊巌寺があったところから〝霊岸島〟と称されるようになった。明暦《めいれき》の大火の後、霊巌寺は深川に移ったが島の名前は変わらなかった。

鶴次郎は、霊岸島の亀島川沿いの町に聞き込みを掛けた。だが、堀田平左衛門を見掛けた者は見つからなかった。鶴次郎は、川端の石に腰掛けて疲れた脚を休めた。

亀島川には鷗が飛び、荷船が長閑《のどか》に行き交っていた。

鶴次郎は、眩しげに眼を細めて亀島川を眺めた。川向こうの亀島町川岸通りの家並みに仕舞屋があり、板塀の傍に置かれた用水桶《おけ》の上で赤い紐を首に巻いた三毛猫が眠っていた。

鶴次郎は思わず微笑んだ。

日本橋の方から着流しの浪人がやって来た。着流しの浪人は、対岸にいる鶴次郎に鋭い眼差しを向けた。

鶴次郎は思わず顔を背けた。

着流しの浪人は、辺りの様子を窺い仕舞屋に入ろうとした。用水桶の上で寝ていた三毛猫は、背を丸くして唸り声を洩らした。着流しの浪人は、冷笑を浮かべて刀に手を掛けた。一瞬早く、三毛猫は板塀の上に跳んで逃げた。

着流しの浪人は、憎々しげに三毛猫を見送って木戸を潜って仕舞屋に入った。

嫌な野郎だ……。

鶴次郎は、着流しの浪人を見送って腰をあげた。


日本橋数寄屋町の呉服問屋『丸角』は繁盛していた。

半次は、『丸角』を窺って聞き込みの相手を探した。そして、田中玄庵に毒を盛られた宗右衛門に可愛がられていた手代の安吉《やすきち》に的を絞った。

昼過ぎ、手代の安吉は、風呂敷包みを抱えて『丸角』を出た。

半次は後を追った。

安吉は、日本橋通りを南に進んで京橋を渡り、新両替町《しんりょうがえちょう》一丁目の角を東に折れた。そして、三十間堀を渡って木挽町に入り、旗本屋敷の門を潜った。

仕立てあがった着物を届けに来た……。

半次はそう読み、旗本屋敷の前で安吉の出て来るのを待った。

四半刻（三十分）が過ぎ、安吉が畳んだ風呂敷を手にして出て来た。半次は追い、三十間堀に架かる紀伊国橋《きのくにばし》で呼び止めた。

安吉は、怪訝《けげん》な面持ちで振り返った。

「呉服問屋丸角の安吉さんだね」

「そうですが……」

安吉は探るように半次を見た。

「あっしは北の御番所の同心の旦那に手札を貰っている本湊の半次って者だが……」

半次は、懐の十手を僅かに見せた。

「は、はい……」

安吉は緊張を滲ませた。

「半年前に亡くなったご隠居さんの事で訊きたいんだが、ちょいと付き合ってくれないか」

半次は、紀伊国橋の袂の蕎麦屋《そばや》に誘った。

「はあ……」

安吉は、戸惑いながらも頷いた。

半次は、せいろ蕎麦を啜った。

「あの……」

安吉は、せいろ蕎麦に手を付けず、不安げに半次を窺った。

「安吉さん、話は食べながらだ。さあ、遠慮は無用だよ」

「は、はい……」

安吉は、落ち着かない風情で蕎麦を啜り始めた。

「話は他でもない。ご隠居の宗右衛門さん、亡くなるまで女がいたって噂だが、そいつは本当なのかい」

「そ、それは……」

安吉は困惑し、言葉を濁した。

「ご隠居に可愛がられてお供をしていたお前さんだ。知らないとは云わせないよ」

「親分さん……」

「安吉さん、田中玄庵はご隠居にどうして毒を盛ったのか、相変わらず口を噤んでいやがる。このままじゃあ、ご隠居も浮かばれないぜ。そう思わないか」

安吉は箸を置いた。

「親分さん、ご隠居さまはある女と時々逢っていました」

「どんな女だい」

「それが、女と逢う時、ご隠居さまは一人でお出掛けになりまして、手前も良く分からないのです」

「じゃあご隠居、その女について何か話した事はなかったかな」

「さあ……」

安吉は首を捻った。

「たとえば、女が田中玄庵の知り合いだったとか……」

半次は誘いを掛けた。

「そんな事は仰《おつしや》っていませんでしたが、その女とは妙な縁があったとか……」

安吉は思い出すように告げた。

「妙な縁……」

半次は眉をひそめた。

「はい……」

安吉は頷いた。

田中玄庵に毒を盛られた呉服問屋『丸角』の隠居宗右衛門は、妙な縁のある女の世話をしていた。

妙な縁とはなにか……。

「安吉さん、その女、何処に住んでいるのかも分からないのかい」

「はい……」

「じゃあ、何か気が付いた事はなかったな」

「一度だけですが、ご隠居さまが着物に猫の毛をつけてお帰りになった事があります」

「猫の毛……」

「はい。猫の白と茶の毛が……」

「じゃあ女、猫を飼っているのかな」

「きっと……」

安吉は頷いた。

猫を飼っている女……。

妾稼業の女や芸者などが、猫を飼っているのは良くある事だ。探し出すのは容易ではない。

「そうか……」

「そういえば親分さん。いつでしたかご隠居さま、雨も降っていないのに着物を濡らして帰って来ましてね。どうしたのか聞いたら、海辺で波に濡れたと……」

「海辺で波に濡れた……」

「はい」

日本橋数寄屋町の呉服問屋『丸角』に近い海は築地《つきじ》だ。

築地界隈に暮らし、猫を飼っている女……。

半次は、安吉の話から宗右衛門の女をそこまで絞った。

後は田中玄庵に関わりのある女だ……。

半次は、安吉を帰して田中玄庵が暮らしていた神田三河町《みかわちょう》に急いだ。

鍵役同心の堀田平左衛門は、十日ごとに出掛けていた。行方知れずになったのも、その十日ごとの日だった。

半兵衛は、出掛けた先が女の処だと睨んだ。

それが、書役同心の大森新八郎の云った、何人かで囲っている女なのかどうかは分からない。

とにかく足取りを探すしかない……。

半兵衛は、大森新八郎以外の同心や下男に密かに聞き込みを掛けた。そして、堀田平左衛門が行方知れずになった日、牢屋敷から堀留町《ほりどめちょう》に向かったのを見た者がいた。

堀留町の先には東西の堀留川があり、日本橋川に続いている。

半兵衛は、東堀留川から堀江町《ほりえちょう》を抜けて日本橋川に出た。そして、東堀留川と日本橋川の合流地に架かる思案橋《しあんばし》に佇み、辺りを眩しげに眺めた。

日本橋川には様々な船が行き交い、鎧之渡《よろいのわたし》が見えた。

鎧之渡は、日本橋川を横切って小網町《こあみちょう》から南茅場町《みなみかやばちょう》に繋ぐ渡し舟であり、平将門《たいらのまさかど》が鎧兜《よろいかぶと》を置いたという故事からその名が付けられた。

半兵衛は、鎧之渡から渡し舟に乗り、南茅場町に向かった。対岸には家や蔵が並んでおり、大番屋が見えた。

南茅場町に降りた半兵衛は、大番屋に向かった。大番屋は〝調べ番屋〟ともいい、疑いのある者や関わり者の取調べをし、牢屋敷に送るまで留置する処であり、江戸には七ヶ所あったとされる。

半兵衛は大番屋に向かった。

大番屋の表では老小者の利助《りすけ》が掃除をしていた。

「こりゃあ白縫さま……」

「やあ、利助の父っつぁん、精が出るね」

「いいえ。お役目ご苦労さまです。お茶でもいかがですかい」

「そうだな、一杯ご馳走になろうか」

「どうぞ、どうぞ……」

半兵衛は、利助と共に大番屋に入った。

茶は歩き廻った身体に染み渡った。

「美味い……」

半兵衛は唸った。

大番屋の詰所には、利助の他にも小者たちがおり、仮牢に留められている者の見張りと世話をしていた。

「今日は調べがないようだね」

半兵衛は、静かな詮議場《せんぎば》の方を窺った。

「はい。今のところは。で、白縫さまは……」

「うん。利助の父っつぁんも聞いている思うが、牢屋敷の堀田さんの件をね」

「ああ。堀田さまの一件ですか……」

利助は眉をひそめた。

大番屋で調べを終え、下手人と決まった罪人は、入牢証文を取って牢屋敷送りとなる。

大番屋の老小者の利助は、牢屋敷送りになった罪人を送り、鍵役同心の堀田平左衛門とは面識があった。

「うん。本湊の沖に浮いていたそうだ」

半兵衛は茶を啜った。

「お子さまもまだ小さいっていうのに、お気の毒に……。四日前はお元気だったのに……」

利助は、眉を曇らせて堀田に同情した。

「四日前……」

半兵衛は眉をひそめた。四日前は、堀田平左衛門が役目を終えて出掛け、それきり戻らず行方知れずになった日だ。

その日、利助は堀田平左衛門に逢った……。

半兵衛は、ようやく堀田の足取りを見つけた。

「利助の父っつぁん、堀田さんとは何処で逢ったんだ」

「へ、へい。あっしが霊岸島の富島町《とみしまちょう》の長屋に帰ろうとした時、堀田さまは亀島町川岸通りに……」

利助は戸惑いを浮かべた。

「亀島町川岸通りをどっちに行ったんだい」

「そりゃあ、鉄砲洲の波除稲荷の方へ……」

「そいつは、夕暮れ時だね」

「はい……」

「それで、何処に行くのか訊いたのかい」

「そいつが、声を掛けたんですが、聞こえなかったようで、足早に通り過ぎて行きましたよ」

「亀島町川岸通りを足早にね……」

半兵衛は、夕暮れの川沿いの通りを足早に行く堀田平左衛門の姿を思い浮かべた。

「白縫さま……」

利助は、半兵衛に怪訝な眼差しを向けていた。

「どうかしましたかい」

「利助、その後、堀田さんとは逢わなかったのかい」

「はい。思えば、あれが堀田さまを見掛けた最後なんですねえ」

「う、うん……」

堀田平左衛門は、行方知れずになった日の夕暮れ時に亀島町川岸通りにいた。

そして、江戸湊で死体で見つかるまで、何処で何をしていたのだ……。

半兵衛は思いを巡らせた。

飛び交う鴎……。

亀島町川岸通り……。

足早に行く堀田……。

通りを横切る三毛猫……。

そして、微笑むおなつ……。

半兵衛の脳裏に、様々な思いが瞬時に交錯した。

「白縫さま……」

利助が遠慮がちに声を掛けた。

「う、うん」

「お茶のお代わり、如何ですか」

「うん。貰おうか……」

利助は、半兵衛の茶を入れ替えた。

湯気が立ち昇って消えた。


八丁堀北島町への夜道に人気はなく、静まり返っていた。

半兵衛は組屋敷に急いだ。

行く手に半兵衛の組屋敷が見えた。

半次と鶴次郎が待っているはずだ……。

半兵衛は、組屋敷の木戸を潜ろうとした。

その時、背後の暗がりが揺れた。

半兵衛は、咄嗟《とっさ》に身体を投げ出した。刀の閃《ひらめ》きが殺気と一緒に半兵衛に襲い掛かった。半兵衛は転がって躱《かわ》し、片膝を突いて振り向き様に抜き打ちの一刀を放った。田宮流抜刀術《たみやりゅうばつとうじゅつ》の鋭い一撃だった。だが、襲撃者は辛うじて背後に跳んで躱した。

半兵衛は、素早く体勢を整えた。

襲撃者は黒い布で顔を隠し、着流しの裾を翻《ひるがえ》した浪人だった。

「何者だ……」

半兵衛は厳しく誰何《すいか》した。

浪人は、返事をせずに鋭く半兵衛に斬り付けた。半兵衛は応戦した。

二人は激しく斬り結んだ。

火花が飛び散り、焦げ臭さが漂った。

半兵衛と浪人は交錯し、互いに跳び退いて対峙《たいじ》した。浪人は、刀を正眼に構えて半兵衛との間合いを詰めた。半兵衛は、刀を右肩に担ぐように構えて間合いを隠した。

半次と鶴次郎が、半兵衛の組屋敷から出て来る気配がした。

浪人は苦笑し、身を翻して夜の闇に走り去った。

半兵衛は見送り、息を整えた。

「旦那……」

「どうかしたんですかい」

半次と鶴次郎は、怪訝な面持ちで木戸から出て来た。

「うん……」

酒は五体に染み渡った。

半兵衛は、着流しの浪人に襲われた事を半次と鶴次郎に告げた。

半次と鶴次郎は驚き、外に飛び出そうとした。半兵衛は苦笑して止めた。

「旦那、それにしても何者なんでしょうね」

半次は眉をひそめた。

「浪人は人違いでもなんでもなく、この私を襲った。今までに買った恨みか、それとも堀田さんの一件に関わりがあっての事か……」

半兵衛は酒を啜った。

「ま。いずれにしろまた現れるだろう」

半兵衛は、そう云いながら手酌で酒を飲んだ。半次は、囲炉裏に掛かっていた鍋の蓋を取った。旬の鰹《かつお》と大根や牛蒡《ごぼう》などの煮込み汁だ。半次は、酒と塩を入れて味を整えた。

「さあ、出来ましたぜ」

半次は、鰹の煮込み汁を椀に盛って半兵衛に差し出した。

「こいつは美味い……」

半兵衛は、半次や鶴次郎と鰹の煮込み汁で酒を飲んだ。

「で、半次、何か分かったかい」

「そいつなんですがね。田中玄庵に毒を盛られた呉服問屋の隠居なんですが

「……」

「数寄屋町の丸角の宗右衛門かい」

「はい。その宗右衛門ですが、やはり女がいたようです」

「柳橋の睨み通りか……」

「ええ」

「それで、どんな女なんだい」

「それが、海の近くに住んでいて、猫を飼っているらしいとしか、分からないんですよ」

半次は、呉服問屋『丸角』の手代の安吉に聞いた事を報告した。

「海辺で猫を飼っている女か……」

半兵衛は、湧きあがる動揺を抑えた。

「猫といえば、堀田さまの足取りを探していて、亀島町川岸通りにある仕舞屋の前で見掛けましてね」

鶴次郎が手酌で酒を飲んだ。

「どんな猫だい」

「三毛猫で、赤い紐を首に巻いていましたから飼い猫ですね」

たまだ……。

半兵衛は、鶴次郎の云っている仕舞屋がおなつの家だと気付いた。

「その猫がどうかしたのかい」

半次は眉をひそめた。

「いや、その猫のいた仕舞屋に着流しの浪人が来てな」

「浪人……」

半兵衛は眉をひそめた。

「ええ、そいつが目付きの悪い浪人で、猫にも嫌われていましてね」

鶴次郎は、嘲笑を滲ませて酒を飲んだ。

海辺の家に住み、猫を飼っている宗右衛門の女……。

おなつの家に出入りする浪人……。

半兵衛の思いは激しく交錯した。

「旦那の方は如何でした」

半次は、半兵衛に尋ねた。

「うん。堀田さんの足取りなんだがね。少しだけ分かったよ」

「分かりましたか……」

半次と鶴次郎は身を乗り出した。

「うん。堀田さんは行方知れずになった日の夕暮れ時、亀島町川岸通りで見掛けた者がいたんだよ」

「亀島町川岸通りですかい」

鶴次郎は眉をひそめた。

「うん……」

半兵衛は手酌で酒を飲んだ。

自分を襲ったのは、鶴次郎の見たおなつの家に出入りしていた浪人……。

半兵衛は不意にそう思った。

それぞれが調べて来た事は、おなつに向かっている……。

半兵衛は、繋がって行く事実に戸惑いを覚えずにはいられなかった。

四

亀島川には汐《しお》の香りが漂い、鷗が飛び交っていた。

おなつの家は静けさに包まれ、木戸の脇の用水桶の上では三毛猫のたまが眠っていた。

半兵衛は、懐の十手の朱房を握り締めた。

おなつ……。

握り締めた朱房は、おなつの作った飾り結びの房だった。

亀島町川岸通りには、金魚屋の売り声が長閑に響いた。


半兵衛は、亀島町の自身番を訪ねた。

「おなつさんですか……」

自身番の店番は、半兵衛に茶を差し出した。

「うん。どういう素性か分かるかな」

「素性と云われても……。元々あの家は、中井玄舟《なかいげんしゅう》と仰る御公儀のお医者さまの物だったのですが、お亡くなりになり、おなつさんがそのまま暮らしているんですよ」

「おなつさん、中井玄舟に囲われていたのか」

半兵衛は眉をひそめた。

「まあ、そういう事ですか……」

店番は頷いた。

おなつは、公儀の医者・中井玄舟の妾だった。そして、中井玄舟と宗右衛門に毒を盛った医者の田中玄庵は、何らかの関わりがあるのかも知れない。

「おなつさんの生まれだが、何処だか分かるかい」

「確か本所南割下水《みなみわりげすい》の方だと……」

店番は、自信なさそうに首を捻った。

「南割下水……」

本所南割下水は、回向院の東側に広がる御家人たちの組屋敷街だ。ひょっとしたら、おなつは御家人の娘なのかもしれない……。

半兵衛は眄んだ。

「あの、おなつさんが何か……」

店番は眉をひそめた。

「いや。大したことじゃあない」

半兵衛は話題を変えた。

「で、おなつさん、今はどうやって暮らしているのかな」

飾り結びを作って暮らしていく金が得られるのか、半兵衛には分からなかった。

「さあ、決まった旦那が来ているとも聞きませんし、良く分かりません」

店番は、申し訳なさそうに首を横に振った。

「そうか、いろいろ助かったよ」

半兵衛は礼を云い、冷たくなった茶を飲み干した。


家康の江戸入りには、三河国から大勢の町人が従ってきた。家康は、そうした人々に土地を与えて町を作らせた。それが、神田三河町だった。

玄庵の医院を兼ねた家は三河町一丁目にあり、すでに空き家になっていた。

半次は、自身番や周辺の家に聞き込みを掛け、玄庵と深い関わりのあった女を探していた。だが、関わりのあった女は見つからなかった。

半次は、玄庵が医者になる以前の〝田中小五郎〟と名乗り、御家人の三男坊の頃の女との関わりを探る事にした。

玄庵の実家は、本所南割下水に組屋敷のある百石取りの御家人だ。

半次は、神田三河町から本所南割下水に向かった。


大川に架かる両国橋は、両国と本所とを結ぶ橋だ。

両国橋を渡った半兵衛は、本所竪川沿いに進んで回向院に抜けて南割下水に入った。

南割下水は竪川と一緒に開かれた下水道であり、幅二間の掘割の左右に御家人たちの屋敷が甍《いらか》を連ねている。

如何に下級武士の組屋敷街といっても武家地に違いはなく、町奉行所の支配下にはない。

下手《へた》な聞き込みは出来ない……。

半兵衛は、聞き込みの手立てを考えた。

「半兵衛の旦那じゃありませんか……」

半兵衛は振り返った。

半次が怪訝な面持ちでいた。

「おう、半次か……」

「やっぱり旦那でしたか……」

半次が駆け寄って来た。

「どうしたんですかい、こんな処で……」

「う、うん。半次は……」

「田中玄庵と深い関わりのある女を探しているんですが、中々浮かばないので、実家にいた頃を探ってみようと思いましてね」

「玄庵の実家、南割下水なのか……」

「ええ。津軽《つがる》さまのお屋敷の向かい側だそうです」

田中玄庵の実家は南割下水だった。そして、おなつの生まれも南割下水だ。二人は知り合いなのかも知れない。

「よし。半次、田中玄庵の実家に行ってみよう」

半兵衛と半次は、陸奥国弘前藩《むつのくにひろさきはん》津軽家江戸上屋敷に向かった。


弘前藩江戸上屋敷から南割下水に架かる石橋を渡った処に御家人田中重蔵《じゅうぞう》の屋敷はあった。

当主の田中重蔵は、玄庵こと小五郎の長兄であった。

半兵衛と半次は、一帯で商売をしている棒手振《ぼてふ》りや行商人に聞き込みを掛けた。

半兵衛と半次は、掛取《かけと》りに来ていた米屋の番頭を呼び止めた。

「へい。田中重蔵さまのお屋敷には、もう何年も前からお出入りを許されておりますが」

米屋の番頭は戸惑いをみせた。

「じゃあ、小五郎さんを知っているかな」

半次は、番頭に笑顔を向けた。

「ええ……」

番頭は、警戒するような眼差しで頷いた。

「そうか、知っているか」

「小五郎さん、今はお医者になっておりますが……」

「うん。で、小五郎さん、どんなお人だった」

「どのようなと仰られても。学問好きな真面目な方でしたよ」

「女の方はどうかな」

半兵衛は尋ねた。

「女……」

「うん。何か噂を聞いた事はなかったかかな」

「はあ……」

番頭は困惑を浮かべた。

何か知っている……。

半兵衛は確信した。

「どうだい」

「旦那、随分古い話ですから、確かかどうかは分かりませんが、小五郎さんは隣のお屋敷のお嬢さんと仲が良かったと……」

「隣の屋敷の娘……」

半兵衛の直感が揺れた。

「はい。島谷《しまたに》さまと仰るお屋敷でしたが、お気の毒に旦那さまが急な病で亡くなられ、跡継ぎがいなくてお取り潰しになりましてね」

番頭は島谷家に同情した。

「その島谷家の娘、何て名前だったたか、覚えているかい」

半兵衛は、己《おのれ》の直感に恐ろしさを覚えた。

「はい。なつさんです」

「なつ……」

田中玄庵とおなつは、子供の頃からの知り合いであり、噂になった仲だった。

玄庵とおなつは繋がった……。

半兵衛は、己の直感の正しさを素直に喜べなかった。

「旦那、おなつさんをご存知なんですか」

半次は敏感に察知し、怪訝な眼差しを半兵衛に向けた。

「う、うん……」

半兵衛は吐息を漏らした。


亀島川の流れは煌めいていた。

鶴次郎は、亀島川を背にした物陰から仕舞屋を見張り始めた。

仕舞屋の板塀の傍の用水桶の上に三毛猫はいなかった。

鶴次郎は、仕舞屋に入った浪人が気になり、現れるのを待った。

時が過ぎた。

仕舞屋からおなつが現れ、亀島町川岸通りを日本橋川に向かった。

鶴次郎は追った。

おなつは足早に進んだ。そして、日本橋川に出ると亀島川に架かる霊岸橋を渡り、霊岸島に入った。鶴次郎は、充分に距離を取って尾行を続けた。

霊岸島に渡ったおなつは、南新堀一丁目の片隅にある裏長屋の奥の家に入った。

鶴次郎は見届け、長屋の奥の家に誰が住んでいるのか聞き込みを始めた。

長屋の奥の家には、北原源之介《きたはらげんのすけ》という浪人が一人で住んでいた。

三毛猫を斬ろうとした浪人が北原源之介であり、半兵衛を襲った浪人……。

鶴次郎にはそう思えてならなかった。

その北原源之介とおなつは、どのような関わりがあるのか……。

鶴次郎は、井戸端で夕餉《ゆうげ》の仕度を始めたおかみさんに声を掛けた。

「なんだいお前さん……」

おかみさんは眉をひそめた。

「怪しい者じゃあないぜ」

鶴次郎は懐の十手を見せ、おかみさんに素早く小粒を握らせた。

「あらまあ、こりゃあすみませんね。親分さん」

おかみさんは相好を崩し、小粒を胸の奥深くに仕舞い込んだ。

「で、ちょいと訊きたい事があってね」

「何でも聞いてくださいな」

おかみさんは、小粒を仕舞い込んだ胸を叩いた。

「奥の浪人さん、北原さんの家に三十歳前後の女が来ているんだが、誰だか分かるかな」

鶴次郎は声をひそめた。

「ああ。きっとおなつさんですよ」

「おなつさん……」

「ええ。北原さんの好い人でさ、もう随分と古い仲ですよ」

おかみさんは苦笑した。

浪人の北原源之介は、亀島町川岸通りの仕舞屋に住むおなつと男女の深い仲なのだ。

鶴次郎は戸惑いを覚えた。

何故、二人は一緒に暮らさないのか……。

鶴次郎は、北原源之介の顔を見定め、その身辺を調べる事にした。

田中玄庵が毒を盛った呉服屋『丸角』の隠居宗右衛門とおなつには関わりがあった。そして、田中玄庵とおなつも結び付いた。

牢屋敷鍵役同心の堀田平左衛門の死は、意外な展開を見せていた。

半兵衛は、半次におなつと出逢った経緯を教えた。

「三毛猫が縁で知り合いましたか……」

「うん」

半兵衛は苦笑し、囲炉裏の火に粗朶《そだ》を焼《く》べた。粗朶は音を立てて勢い良く燃えた。

「旦那……」

鶴次郎が庭先からやって来た。

「おう。上がってくれ」

「お邪魔します」

鶴次郎は囲炉裏端に座った。

半次が、湯呑茶碗に酒を注いで鶴次郎に差し出した。

「こいつはすまねえ」

鶴次郎は、喉を鳴らして酒を飲み、濡れた口元を拭った。

「何か分かったかい」

「はい。例の猫のいる仕舞屋に来た浪人ですが、北原源之介って野郎でしてね。

仕舞屋に住んでいるおなつって女の男でしたよ」

　鶴次郎は嘲《あざけ》りを浮かべた。

「そうか……」

　半兵衛は、淋しげな笑みを浮かべた。

「旦那……」

　半次は、半兵衛を見つめた。

「うん。鶴次郎、実はな……」

　囲炉裏の火は揺れて燃えあがった。


　牢屋敷は暗く静まり返っていた。

　半兵衛は、牢内の当番所で田中玄庵が来るのを待っていた。

　田中玄庵は、下男たちに連れられてやって来た。

「やあ、造作を掛けるね。後は私がやるから呼ぶまで遠慮してくれ」

　半兵衛は下男たちに告げた。

「へい。畏《かしこ》まりました」

　下男たちは当番所を出て行った。

半兵衛は、茶を淹れて玄庵に差し出した。

玄庵は、温かさを確かめるように茶を啜った。温かい物を食べたり飲んだりするのは、牢に入ってから初めてだった。

「行方知れずになった堀田さん、本湊の海に死体で見つかったよ」

「死体で……」

玄庵は驚いた。

驚きに嘘も偽りもない……。

半兵衛は見定めた。

「うん。それも斬られても刺されてもいなく、首を絞められたり溺れ死んだわけでもない」

「じゃあ……」

「お前さんが宗右衛門を殺したように、毒を盛られて川か海に放り込まれたようだ」

「そんな……」

玄庵の顔色が僅かに変わった。

半兵衛は、玄庵の動揺を見抜いた。

「玄庵、北原源之介って浪人を知っているかい……」

「いいえ。知りませんが、誰ですか……」

玄庵は眉をひそめた。

「おなつの以前からの好い人だよ」

半兵衛は茶を啜った。

「おなつの好い人……」

玄庵は絶句し、呆然と半兵衛を見つめた。

「うん……」

半兵衛は頷いた。

「それは……」

玄庵は小刻みに震えた。

「それは、本当の事ですか……」

「うん。北原源之介は霊岸島の長屋で暮らしていてね。おなつと密かに行ったり来たりしているようだ」

玄庵は、言葉もなく項垂《うなだ》れて震えた。

「知らなかったんだね」

「云わなかった。おなつは何も云わなかった」

玄庵は、哀しげに声を震わせた。

「おなつとは、子供の頃に隣り同士だったそうだね」

玄庵は、観念したように頷いた。

「おなつの父上が急な病で亡くなり、島谷家はお取り潰し。おなつは、父上の薬代で作った借金を返す為に年季奉公に出て、それ以来逢った事はなかった」

「そして再会した時、お前さんは宗右衛門の医者であり、おなつは宗右衛門の囲われ者だったかい……」

「はい……」

「どうして、宗右衛門に毒を盛ったんだい」

半兵衛は、昂りを見せず静かに尋ねた。

「おなつが、宗右衛門に囲われ、辛くて哀しいと……」

「それで毒を盛ったのか」

玄庵は、吐息を漏らして項垂れた。

「宗右衛門を殺してくれと、おなつに頼まれたんじゃあないのかな」

半兵衛は眉をひそめた。

「いいえ。おなつは辛くて哀しいと泣いただけです」

玄庵が宗右衛門に毒を盛るのは、それだけで充分だった。そして、玄庵はおなつに累の及ぶのを恐れ、毒を盛った理由を隠した。

「鍵役同心の堀田さんは、亀島町川岸通りのおなつの家に行ったんだね」

「はい。私はその後のおなつが心配になり、堀田さんに様子を見てきて欲しいと頼んだのです」

「堀田さんがおなつの家に行ったのは、今度が初めてだったのかい」

「いいえ、三度目です」

「玄庵、毒はおなつの家にもあったのかな」

「私の処に置いておくとお上に没収されると思い、おなつに預けました。僅かですが……」

「そうか……」

堀田平左衛門はその毒で殺された。

何故、毒を盛られたのか……。

盛ったのは、おなつか北原源之介か……。

最早それは、田中玄庵の知るところではない。

「おなつ、子供の頃から好きだったのかい」

半兵衛は微笑んだ。

「貧乏御家人の部屋住みの三男坊、狭い家に居場所はなく、私は隣のおなつの家に入り浸っていました」

「おなつの婿養子になる話はなかったのかい」

「ありました。ですが、島谷のおじさんが急な病で亡くなり、立ち消えになりました」

おなつの父親さえ生きていれば、玄庵とおなつの運命は変わった。

玄庵は啜り泣いた。

おなつは玄庵を裏切り、利用していただけだ。玄庵に悔しさは窺えず、哀しさだけが溢《あふ》れていた。

惨《みじ》めだ……。

半兵衛は、項垂れて啜り泣く玄庵に背中を向けた。

霊岸島南新堀一丁目の片隅にある長屋は、半次と鶴次郎に見張られていた。

奥の家に住む北原源之介は、昼前に顔を洗って近所の一膳飯屋で朝昼兼用の飯を食べた。そして、長屋に戻り、家に閉じ籠もった。

「北原の野郎、日が暮れるまでもう一眠りだ」

夜、北原源之介は、おなつの家に行くか深川の賭場《とば》に行く。

半次と鶴次郎は、辛抱強く北原の家を見張り続けた。

「どうだい……」

半兵衛が、長屋の木戸にやって来た。

「いますよ。野郎、おなつのひもってところですか」

「ひもねえ……」

「おなつ、なんであんな野郎とくっついたんですかね」

鶴次郎は吐き棄てた。

「蓼《たで》食う虫も好きずき、腐れ縁って奴かも知れない」

半兵衛は苦く笑った。

「で、どうします」

半次は身を乗り出した。

「玄庵が何もかも白状した。北原を堀田さんに毒を盛った疑いで大番屋に引き立てる」

「そいつはいい」

半次と鶴次郎は見張りに飽きていた。

「よし、二人は裏から頼むよ」

「承知……」

半次と鶴次郎は、長屋の裏手に走った。半兵衛は見送り、長屋の木戸を潜って北原の家に向かった。何処かから猫の鳴き声がした。

腰高障子は音を立てて開いた。

薄暗い部屋で寝ていた北原源之介は、蒲団《ふとん》を蹴り上げて跳ね起きた。

「誰だ……」

北原は戸口を睨み付けた。

「北町奉行所臨時廻り同心白縫半兵衛だよ」

半兵衛が戸口から入って来た。

北原は、慌てて背を向けて刀を取った。同時に、半兵衛が部屋に上がって北原の背を蹴飛ばした。北原は刀を握り締め、前のめりに顔から倒れ込んだ。

「北原源之介、堀田平左衛門に毒を盛った疑いで大番屋に来てもらう」

「黙れ」

北原は、刀を抜き打ちに一閃《いっせん》した。半兵衛は背後に跳んで躱した。北原はその隙を衝いて庭に逃げようとした。

だが、半次と鶴次郎が、障子を蹴倒して飛び込んで来た。北原は身を翻し、半兵衛に斬り付けた。半兵衛は身を沈め、抜き打ちの一刀を放った。北島の刀は弾き飛ばされ、壁に突き刺さった。

北原は怯《ひる》んだ。

半次と鶴次郎が、怯んだ北原に跳び掛かって捻じ伏せた。

「離せ、下郎」

北原は抗《あらが》った。

「煩せえ、馬鹿野郎」

半次は、北原を十手で殴り飛ばした。北原の頬から血が飛んだ。鶴次郎は、北原に素早く捕り縄を打った。

「北原源之介、私を闇討ちしようとしたのはお前だね」

半兵衛は冷たく笑った。

三毛猫たまは、用水桶の上で眠っていた。

半兵衛は板塀の木戸の前に佇んだ。

たまは半兵衛の気配に眼を覚まし、背伸びをしながら鳴いた。

「やあ、たま……」

半兵衛は、たまの頭をひと撫でして木戸を潜り、家の中に声を掛けた。

婆やは、半兵衛を庭に面した座敷に通した。

庭には紫陽花が咲いており、微風が座敷を吹き抜けていた。

半兵衛は、紫陽花を眺めておなつの来るのを待った。

「お待たせ致しました」

おなつは茶を持って入って来た。

「やあ。急にすまないね」

「いいえ。どうぞ……」

おなつは、半兵衛に茶を差し出した。

「うん……」

半兵衛は茶を啜った。

おなつは、微かな緊張を漂わせていた。

「白縫さま、今日は……」

「おなつさん、北原源之介をお縄にしたよ」

半兵衛はいきなり切り込んだ。

「えっ……」

おなつは驚き、狼狽《ろうばい》した。

「牢屋敷の鍵役同心堀田平左衛門さんに毒を盛って殺した疑いでね」

「そ、そんな……」

おなつは言葉を失った。

「おなつさん、堀田さんは牢屋敷にいる田中玄庵に頼まれ、お前さんの様子を見に来ていたそうだね」

半兵衛はおなつを見つめた。

「は、はい……」

「堀田さんがこの前に来た時、北原源之介がここにいたんだね」

半兵衛は、おなつの様子を窺った。

おなつは俯き、身を固くしていた。

「そして、堀田さんはお前さんと北原の仲に気付いた。そうだね」

半兵衛は、己の睨みを告げた。

おなつは、俯いたまま返事をしなかった。

「お前さんは、玄庵が北原との仲を知り、呉服問屋丸角の隠居宗右衛門に毒を盛った理由を云い出すのを恐れた。それで、北原が堀田さんに毒を盛って殺し、死体を家の前の亀島川に放り込んだ……」

半兵衛は、おなつの反応を窺った。

「白縫の旦那……」

おなつは微笑んだ。

「玄庵と北原、何もかも喋っちまったんですねえ」

おなつは、呆れたように吐息を洩らした。

「いや。玄庵と北原はお前さんを庇い、肝心な事は白状しちゃあいない」

「あら、そうですか……」

おなつは嫣然《えんぜん》と微笑んだ。男を誑《たぶら》かす凄絶な笑みだった。

それは、半兵衛の知っているおなつではなかった。そして、おそらく田中玄庵も知らないおなつなのだ。

半兵衛は、本当のおなつを目の当たりにした。

「旦那、私もお縄になるんですか」

「うん。大番屋に来て貰うよ」

「そうですか、私も悪い予感がしましてね。北原に旦那を襲わせたのですが……」

おなつは苦笑した。

「やはり、お前さんたちの仕業か……」

「旦那。私、生まれて今まで、良い事なんか何もなかった……」

父親が病死して一家離散したおなつは、辛く厳しい生き方を強いられて来た。

「そんなお前さんの為に人を殺して庇い、裏切られた玄庵には、もっと良い事はなかった。そうは思わないかな」

「そうですねえ……」

おなつは苦笑した。その目尻から一筋の涙が零《こぼ》れ落ちた。

「旦那、それじゃあちょいと着替えて参ります」

おなつは、半兵衛を見つめて断った。

「うん……」

半兵衛は頷いた。

おなつは座敷から出て行った。

微風が吹き抜け、庭の紫陽花が揺れた。

三毛猫たまの鳴き声が響いた。

事は終わった……。

半兵衛は、たまの鳴き声の聞こえた部屋に向かった。

おなつは、毒を呷《あお》って絶命していた。

三毛猫のたまは、おなつの顔の傍で哀しげに鳴いていた。


牢屋敷鍵役同心堀田平左衛門殺しの一件は落着した。

半兵衛は、事の次第を大久保忠左衛門に報告した。

「旦那、田中玄庵はどうします」

半次は、半兵衛の湯呑茶碗に酒を満たした。

「大久保さまには伝えておいた。どうなるかは、私たちとは関わりのない事だ」

半兵衛は、湯呑茶碗の酒を飲んだ。

「それにしても旦那、おなつですが……」

鶴次郎は眉をひそめた。

「鶴次郎、何もかもおなつから始まった事だ。たとえどんなわけがあろうと、二人も殺した責めは負わなくてはならぬ」

「だから、毒を飲むのを知らん顔をしたんですか……」

「知らん顔が出来るのはそれだけだった……」

半兵衛は、苦い思いを忘れるように湯呑茶碗の酒を呷った。

〝知らぬ顔の半兵衛〟は、知らぬ顔が出来なかった……。

半次と鶴次郎は、半兵衛の気持ちを思いやった。

囲炉裏の火に掛けた鳥鍋が湯気をあげた。

「さあ、出来た」

半兵衛は、鳥鍋の蓋を取った。

鳥鍋の湯気と香りが漂った。


海は日差しに輝いていた。

半兵衛は、鉄砲洲波除稲荷の境内に佇み、眩しげに江戸湊を眺めた。

白帆をあげた千石船は、煌めく海を長閑に去って行く。

半兵衛は、おなつの作った飾り結びの朱房を海に投げ込んだ。

飾り結びの朱房は、波間に漂って一気に沖に流れて行った。そして、三毛猫のたまはいつの間にかいなくなった。

迷い猫は不意に現れ、不意に消えた……。

立ち尽くす半兵衛の姿は、海の輝きに包まれていった。

第三話　半端者

一

雨戸の隙間から差し込む斜光は、夏の朝陽の力強さに溢《あふ》れている。

雨戸が小さく叩かれた。

半兵衛は、蒲団《ふとん》の中で眼を覚ました。

「房吉かい」

「はい……」

廻り髪結の房吉が、雨戸の外から返事をした。

「さるは掛けていない。開けてくれ」

半兵衛は、濡縁《ぬれえん》への障子を開けて雨戸の外に告げた。

「はい」

雨戸はがたがたと音を鳴らして開き、房吉が顔を見せた。

「お早うございます」

「やあ、お早う……」

半兵衛は、蒲団を二つに畳んで押し入れに入れ、手拭と房楊枝《ふさようじ》を持って井戸端に出て行った。房吉は、〝日髪日剃《ひがみひぞり》〟の仕度を始めた。

八丁堀の与力・同心は、毎朝廻って来る髪結に月代《さかやき》を剃って貰い、髷を結い直して貰う。

顔を洗った半兵衛は、濡縁に座って頭を房吉に預けた。元結《もとゆい》を切る音を短く鳴らし、房吉は半兵衛の髷《まげ》を解いた。

「半次、どうしたんですかね」

房吉は、いつもなら半兵衛の組屋敷にやって来て朝飯を作っているはずの半次がいないのを訝《いぶか》った。

「昨夜、飲みすぎてまだ寝ているのかもな」

半兵衛は苦笑した。

「それとも何かあったのかも知れませんぜ」

房吉は、半兵衛の髪を音を鳴らして引き締めた。

「うん……」

半兵衛に不吉な予感が過《よ》ぎった。

〝日髪日剃〟を終えた房吉は、半兵衛と朝飯を食べて帰った。

辰《たつ》の刻五つ（午前八時）、半次は現れなかった。

何かあったのに違いない……。

半兵衛は出仕の仕度を始めた。町奉行所の与力、同心は、巳《み》の刻四つ（午前十時）に出仕する事になっている。だが、殆どの同心は、辰の刻五つ頃に出仕する。半兵衛は、臨時廻りを良い事に巳の刻四つに出仕していた。

「旦那、お早うございます」

手先の鶴次郎が、緋牡丹《ひぼたん》の絵柄の半纏《はんてん》を翻《ひるがえ》して庭先に駆け込んで来た。

「おう。お早う鶴次郎」

「旦那、半次から繋ぎが入りましてね。此処《ここ》に来る途中、お尋ね者の捨吉《すてきち》を見つけて追っているそうです」

「お尋ね者の捨吉を……」

「はい」

「何処《どこ》に向かっている」

「報せてくれた日本橋の自身番の父っつぁんの話では、日本橋の通りを八ツ小路に向かって行ったそうです」

「じゃあ、神田明神から湯島、それとも下谷から入谷か谷中《やなか》……」

半兵衛は、切絵図を思い浮かべた。

「旦那。捨吉は確か鬼子母神のある入谷の生まれだと聞いています」

鶴次郎は告げた。

「よし。行こう」

半兵衛と鶴次郎は入谷に急いだ。

二日前の夜、捨吉は浅草花川戸町《はなかわどちょう》の口入屋《くちいれや》『吉野屋《よしのや》』に押し入り、主《あるじ》の吉五郎《きちごろう》を殺して二十両の金を奪って逃げた。その時、捨吉は己《おのれ》の顔を見た吉五郎の女房や奉公人に手は出さなかった。

半次と鶴次郎は、両国や浅草で遊んでいる捨吉を見掛けた事があった。二十歳前後の捨吉は、半端な博奕《ばくち》打ちで強請《ゆす》りたかりを働く小悪党に過ぎない。

その捨吉が、口入屋『吉野屋』の吉五郎殺し、金を奪って逃げた……。

半次と鶴次郎は戸惑い、驚かずにはいられなかった。

月番の北町奉行所はすぐに探索を開始し、臨時廻り同心の半兵衛も駆り出された。だが、捨吉は容易に見つからなかった。そして、姿を消して三日目の朝、半次は本湊町の長屋から八丁堀の半兵衛の組屋敷に来る途中、捨吉を見掛けて後を追った。

半兵衛と鶴次郎は、入谷鬼子母神に急いだ。

まだ朝だというのに日差しは強く、夏の暑い一日を予感させた。

上野寛永寺《うえのかんえいじ》の裏手の東側が入谷であり、真源院鬼子母神はある。

鬼子母神は仏法の護法神であり、安産・子育ての神として庶民の信仰を集めていた。

捨吉は、下谷広小路から山下に抜けて入谷に入った。

半次は慎重に尾行した。

捨吉は、鬼子母神の境内《けいだい》に入り、拝殿に手を合わせた。そして、拝殿の裏手の日陰に隠れるように入り、額の汗を拭った。

誰かを待っている……。

半次は木陰から見守った。

日本橋の自身番の父っつぁんは、言付けを無事に鶴次郎に伝えてくれたのか。

だが、伝わったところで、行き先の分からない鶴次郎に追って来る事は出来ないのだ。

何があっても、一人でどうにかするしかない……。

半次は覚悟を決めた。

時は過ぎ、何事もなく四半刻（三十分）が過ぎた。

質素な身なりの若い娘が、鬼子母神の境内に駆け込んで来た。

「ここだ、おみよ」

捨吉が若い娘に声を掛け、拝殿の裏手から現れた。

「兄ちゃん……」

おみよと呼ばれた娘は、捨吉に駆け寄った。

半次は見守った。

「おみよ、こいつをお師匠さまに渡してくれ」

捨吉は、小さく縛った風呂敷包みを懐《ふところ》から出して渡した。小さく縛った風呂敷包みから小判の触れ合う音がした。

花川戸の口入屋『吉野屋』の主・吉五郎を殺して奪った二十両……。

半次は睨《にら》んだ。

「兄ちゃん……」

おみよは、不安げに捨吉を見上げた。

「おみよ、お師匠さまやおしんにいろいろ迷惑を掛けてすまなかったと伝えてくれ……」

捨吉は告げた。

「兄ちゃん、これからどうするの」

「俺の事は心配するな」

捨吉は淋しげに笑った。

「さあ、早く帰りな」

捨吉はおみよを促した。

「気をつけてね」

おみよは、溢れる涙を拭って鬼子母神の境内を小走りに出て行った。

捨吉は見送り、続いて鬼子母神の境内を出ようとした。

「待て、捨吉」

半次は、捨吉に背後から飛び掛かった。

「離せ」

捨吉は、驚きながらも半次を振り払おうと抗《あらが》った。

「神妙にしやがれ」

半次は、捨吉を十手で殴り飛ばした。そして、倒れた捨吉の腕を捩《ね》じ上げた。

「捨吉。口入屋吉野屋の吉五郎を殺した咎《とが》でお縄を受けて貰うぜ」

「煩《うる》せえ。悪いのは吉五郎だ。吉五郎たちがおしんとお師匠さまを騙したからだ」

捨吉は吐き棄てた。

半次は、構わず捨吉に捕り縄を打った。

「吉五郎たちが騙した……」

半次は眉をひそめた。

「ああ、俺は騙し取られた金を返して貰いに行っただけだ。そうしたら吉五郎の野郎、騙された方が悪いと抜かして笑いやがった。だから俺、かっとして……」

「吉五郎を刺したのか」

「殺すつもりなんかなかった……」

捨吉は哀しげに呟いた。

半次は、捨吉の呟きに嘘偽りを感じなかった。

「捨吉、俺の旦那は人の情けを知っている同心の旦那だ。何もかも正直に話すんだな。さあ、立ちな」

半次は、縄を打った捨吉を立たせた。

その時、博奕打ち風の三人の男が、鬼子母神の境内に駆け込んで来た。

「何だ、手前ら」

半次は怒鳴り、捨吉を後手に庇《かば》った。

三人の男は、半次と捨吉を取り囲んで匕首《あいくち》を抜いた。

半次は、十手を構えて身構えた。

「死んで貰うぜ、捨吉」

三人の男は、半次を無視して捨吉に殺到した。半次は、十手を振るって三人の男と渡り合った。三人の男の一人が捨吉に迫った。捨吉は、縛られたまま必死に男の匕首を躱《かわ》した。

捨吉を殺させてはならない……。

半次は、捨吉に襲い掛かる男を蹴り倒した。

「逃げろ、捨吉」

半次は叫んだ。

「親分さん……」

捨吉は戸惑った。

「いいから、早く逃げろ」

捨吉は、弾かれたように逃げた。

「邪魔するな」

三人の男は怒り、半次に殺到した。半次は闘った。だが、一人を十手で叩きのめした時、他の男の匕首が半次の脇腹を切った。

血が飛び散り、半次は激痛に思わず膝を突いた。

「捨吉だ」

博奕打ち風の三人の男は、膝を突いた半次を残して捨吉を追った。

「待て、この野郎……」

半次は立ち上がろうとした。だが、激痛に襲われ、顔を歪《ゆが》めて崩れた。

「捨吉……」

半次は苦しげに呻《うめ》いた。

緑の田畑は眩《まぶ》しく輝いて広がっていた。

鬼子母神の裏手を抜けた捨吉は、田畑の細い畦道《あぜみち》を逃げた。だが、縛られた身体は、均衡《きんこう》を崩してよろめき、畦道を踏み外して畑に倒れ込んだ。土と野菜の青臭さが鼻を衝いた。

捨吉は、縛られた身体で懸命に立ち上がろうとした。だが、両手を後手に縛られた身体は容易に起き上がれなかった。

博奕打ちたちの声が聞こえた。

捨吉は、畑の緑の中に身を潜めた。

潜めて逃れるしかない……。

捨吉は、緑の畑を這《は》いずり進んだ。

博奕打ちたちは田畑を見廻し、捨吉の潜んでいる畑の隣の畦道を進んで来た。

捨吉は、田畑の緑に身を沈めて息を潜めた。

博奕打ちたちは、畦道を新吉原《しんよしわら》に向かって行った。

助かった……。

捨吉は、詰めていた息を洩らして空を見上げた。

夏の空は青く広がり、鳶《とんび》が鳴きながら廻っていた。

捨吉は自分を捕らえ、助けてくれた岡っ引を思い浮かべた。

本湊の半次……。

捨吉は、以前両国広小路で見掛けた半次の名と顔を辛うじて覚えていた。

半次の親分はどうしたのだ……。

博奕打ちが追って来たところを見ると、半次は殺されたのかも知れない。

捨吉は、いつの間にか岡っ引の半次の身を心配していた。


鬼子母神の境内に人気はなく、木洩れ日が揺れていた。

半兵衛と鶴次郎は境内に辿《たど》り着いた。

「半次も捨吉もいませんね」

鶴次郎は境内を見廻した。

「鶴次郎……」

半兵衛は、境内の隅にしゃがみ込んだ。

「どうしました、旦那」

「血だ……」

半兵衛は、雑草や地べたに散っている血を示した。

「まだ新しいね……」

血には半次と捨吉が絡んでいる……。

半兵衛と鶴次郎はそう睨んだ。

「北の御番所の白縫さまと鶴次郎さんですか……」

真源院の寺男が緊張した面持ちで近づいて来た。

「うん。岡っ引の半次に頼まれたのかい」

半兵衛は先を読み、安心したように笑った。

「はい。半次の親分さんは脇腹を斬られまして、真源院の庫裏《くり》においでになります」

半次は、倒れているところを真源院の住職たちに助けられていた。

半兵衛と鶴次郎は、寺男に案内されて庫裏に急いだ。

半次は、脇腹の傷を手当てして貰って休んでいた。

「やあ、無事だったか……」

半兵衛は笑った。

「はい。造作をお掛けして申し訳ありません」

半次は詫びた。

「ご住職、私は北町奉行所臨時廻り同心白縫半兵衛です。この度は半次がお助け戴き、かたじけのうございました」

半兵衛は己の素性を告げ、手を着いて住職に礼を述べた。

「いやいや、傷は骨や五臓六腑《ごぞうろっぷ》に届いてはいない」

「それは良かった。なあ、半次」

「はい……」

「だが、医者に診せた方が良かろう」

「はい」

半兵衛は頷《うなず》いた。

「やったのは捨吉の野郎か……」

鶴次郎は、怒りを滲《にじ》ませた。

「いや。旦那、鶴次郎、俺をやったのは捨吉じゃありません」

「捨吉じゃあない……」

鶴次郎は眉をひそめた。

「ああ……」

「半次、仔細《しさい》を話してくれ」

半兵衛は半次を促した。

「はい……」

半次は、捨吉がおみよに金を渡した事、博奕打ち風の三人の男の襲撃を告げた。

「じゃあ、半次を斬ったのは、博奕打ち風の奴らか……」

「ああ、ひょっとしたら吉野屋の吉五郎と関わりのある者たちかもしれないな」

「はい……」

半次は、半兵衛の睨みに頷いた。

「それに、おみよか……」

「はい。どうやら捨吉の妹のようでしてね。捨吉は、お師匠さまが吉五郎に金を騙し取られたから返して貰いに行き、思わず刺し殺してしまったと……」

「旦那……」

「半次、捨吉は鬼子母神の裏に逃げたんだな」

「はい。そして、博奕打ちたちが追って行きました」

「よし。鶴次郎、捨吉と博奕打ち風の奴らを追ってくれ。私は、吉野屋の吉五郎と関わりのある博奕打ちを洗ってみる」

「承知。じゃあご免なすって……」

鶴次郎は、半兵衛と住職に一礼して庫裏を駆け出して行った。

「半次、私は花川戸の吉野屋に行く。お前は辻駕籠《つじかご》で医者の処に行くんだ」

「旦那、柳橋の親分に助っ人を頼まなくていいですか」

半次は、柳橋の弥平次に手伝って貰う事を提案した。

「そうだな。そいつは半次、お前に行って貰うかな」

「はい。お任せを……」

半次は頷いた。

半兵衛は、真源院に一両小判を寄進して住職に礼を云い、寺男に心付けを渡して辻駕籠を呼ぶように頼んだ。


田畑の緑は風に揺れていた。

鶴次郎は、野良仕事をしていた百姓たちに聞き込みを掛け、捨吉と博奕打ちたちの行方を追った。だが、捨吉たちの行方は分からないまま半刻（一時間）が過ぎた。鶴次郎は焦った。そして、浅草に続く道の傍らある木立の陰に棄てられた捕り縄を見つけた。

捕り縄は四季によって使い分けられた。春には東を護《まも》る青竜《せいりゅう》の青色であり、夏は南の朱雀《すざく》の赤色、秋は西の白虎《びゃっこ》の白色、冬は北の玄武《げんぶ》の黒色。そして、年二回の夏冬の土用の季節には黄色とされ、四季と土用で五色の捕り縄と定められていた。だが、時が過ぎるとともに簡略化され、南町奉行所は青色麻縄、北町奉行所は白色麻縄となっていった。

鶴次郎が見つけた捕り縄は、北町奉行所の同心が使う白色麻縄であり、半次と鶴次郎が半兵衛から与えられた物だった。

捨吉は木立の陰で捕り縄を解き、浅草寺の裏手に続く道を逃げた。

鶴次郎はそう睨み、浅草に急いだ。


浅草広小路は賑わっていた。

半兵衛は、広小路を突っ切って大川に向かった。大川に架かっている吾妻橋《あづまばし》の手前左手に花川戸の町はあり、口入屋『吉野屋』はあった。

口入屋『吉野屋』は、主の吉五郎が捨吉に殺されて以来、大戸を降ろしていた。

半兵衛は、『吉野屋』の潜り戸を叩いた。だが、中から返事はなく、人の気配も感じられなかった。

半兵衛は自身番を訪れた。

「店を閉めた……」

半兵衛は、眉をひそめて茶を啜《すす》った。

「はい。昨日、吉五郎旦那の弔《とむら》いを終え、奉公人たちに暇を出しましてね」

「そうか、店を閉めたか……」

「へい」

自身番の番人は頷いた。

「お内儀《ないぎ》もいないようだが、どうしたんだい」

「それが、お内儀《かみ》さんは実家に戻りましたよ」

「実家に戻った」

「へい。子供もいないし、旦那の殺された家は何かと居づらいのでしょう」

「そりゃあそうだな。で、お内儀の実家、何処なんだい」

「谷中の八軒町《はちけんちょう》です」

「谷中の八軒町……」

谷中八軒町は、上野寛永寺の裏にある天王寺《てんのうじ》や様々な寺の門前町の一つだった。

「へい。兄さんが八軒町で料理屋を営んでいるそうですが、裏では処《ところ》の賭場《とば》も仕切っているそうですよ」

番人は声を潜めた。

「賭場……」

「へい……」

番人は眉をひそめて頷いた。

殺された『吉野屋』の吉五郎の義兄は、谷中八軒町で賭場を仕切る貸元《かしもと》だった。捨吉を襲い、半次に怪我を負わせた博奕打ちは義兄の配下なのかもしれない。

「その料理屋の名前、分かるかな」

「確か鶯屋《うぐいすや》とかいったと思いますよ」

「鶯屋ね……」

半兵衛は、来た道を戻って谷中に向かった。

神田川の流れは眩しく煌《きら》めいていた。

半次は、柳橋の船宿『笹舟』の表に辻駕籠を着けた。

駕籠舁《かき》の先棒が気を利かせて『笹舟』に先触れし、後棒が半次に肩を貸した。

船宿『笹舟』から娘のお糸が、船頭の勇次と駆け出して来た。

「半次の親分さん……」

お糸は眉をひそめた。

「やあ、お糸さん……」

「どうしたんですか、半次の親分」

「勇次、親分はおいでかい」

「はい……」

勇次は、抱きかかえるようにして半次を『笹舟』に連れ込んだ。

「ご苦労さまでしたね」

お糸は、駕籠舁に酒手《さかて》を弾んだ。

柳橋の弥平次は、半次から事情を聞いて幸吉《こうきち》、由松、勇次を浅草に走らせた。

そして、半次を奥の部屋に寝かせて医者を呼んだ。

「親分、女将《おかみ》さん、面倒をお掛けして申し訳ありません」

半次は恐縮した。

「なに云ってんのよ。困った時はお互いさま。妙な遠慮はいらないよ」

「そうだぜ半次。後の事は心配しないで養生するんだぜ」

弥平次と女将のおまきは屈託なく笑った。

「はい、ありがとうございます」

半次は礼を云った。

大川を渡って来る風は心地良く吹き抜けた。

二

金龍山浅草寺《きんりゅうざんせんそうじ》は参詣人で賑わっていた。

鶴次郎は、浅草寺の境内や広小路に捨吉を探し廻った。だが、捨吉の姿は何処にも見えなかった。

捨吉は何処に潜み、何をしようとしているのだ……。

鶴次郎は焦った。

「鶴次郎の兄貴……」

幸吉、由松、勇次が、雷門《かみなりもん》を潜って鶴次郎に駆け寄った。

「おう、みんな……」

鶴次郎は戸惑いを浮かべた。

「半次の親分が笹舟に来ましてね。助っ人に来ましたぜ」

幸吉たちは息を弾ませた。

「そうか、すまないな。ま、詳しい事を聞いて貰おうか」

鶴次郎は、幸吉、由松、勇次たちを茶店に誘った。


谷中天王寺は富籤《とみくじ》で名高く、湯島天神、目黒不動尊《めぐろふどうそん》と並んで〝江戸三富〟と称されていた。そして、その周囲には様々な寺と門前町があり、谷中八軒町もあった。

料亭『鶯屋』の暖簾《のれん》は風に揺れ、客が出入りしていた。

半兵衛は、斜向《はすむ》かいの茶店の奥の暗がりに座り、料亭『鶯屋』を見守った。

料亭『鶯屋』の裏手に通じる路地には、人相の悪い男たちが時折出入りした。

博奕打ち……。

「鶯屋、妙な野郎どもが路地から出入りしているんだね」

半兵衛は、茶店の老婆に話し掛けた。

「ええ。裏で何をしているのか……」

老婆は鼻の先で笑った。

「噂は聞いたが、本当なのかい」

半兵衛は苦笑した、

「ええ。表は料理屋、裏じゃあ博奕打ち。鶯屋の徳蔵《とくぞう》といえば、博奕打ちの間では名の知れた貸元だそうですよ」

老婆は吐き棄てた。

「鶯屋の徳蔵か……」

徳蔵は、妹の亭主の『吉野屋』吉五郎を手に掛けた捨吉を殺そうとしている。

釘を刺しておく必要がある……。

半兵衛は、茶店を出て料亭『鶯屋』の裏口に通じる路地に入った。路地の奥の裏口にしては立派な店土間があった。半兵衛は土間に踏み込んだ。

「誰だい」

若い博奕打ちが奥から出て来た。

「やあ……」

半兵衛は笑顔を向けた。

「こりゃあ旦那……」

若い博奕打ちは、町奉行所の同心が訪れたのに慌てた。

「鶯屋の徳蔵はいるかい」

「へ、へい……」

若い博奕打ちは、半兵衛に探る眼差しを向けた。

「いるなら呼んで貰おうか」

半兵衛はあがり框《かまち》に腰掛けた。

「へい。少々お待ちを……」

若い博奕打ちは奥に引っ込んだ。

半兵衛は、土間と奥を見廻した。

捨吉が三人の博奕打ちに捕らえられた様子は窺《うかが》えなかった。突き当たりの部屋の襖《ふすま》の向こうに人が潜む気配があった。

「お待たせ致しました」

『鶯屋』の徳蔵が、若い博奕打ちを従えてやって来た。

「やあ。徳蔵かい」

「はい」

徳蔵は薄笑いを浮かべ、肥った身体を折り曲げてあがり框に座った。

「私は北町奉行所臨時廻り同心白縫半兵衛だ」

「その白縫さまが何の御用で……」

徳蔵は、細い眼を狡猾《こうかつ》に光らせた。

「徳蔵、義理の弟の吉五郎を手に掛けた捨吉に余計な真似をすると只じゃあすまないよ」

半兵衛は静かに告げた。

「そいつは何の事やら……」

徳蔵は惚《とぼ》けた。

「徳蔵、私の身内も怪我をしてね。それだけでここを叩き潰してもいいんだが、一応そっちの出方を見せて貰おうと思ってね」

半兵衛は、徳蔵を厳しく見据えて告げた。

「旦那……」

徳蔵は、微かな嘲《あざけ》りを滲ませた。

襖の向こうの人の気配に殺気が満ちた。

次の瞬間、半兵衛は框に跳び上がり、身を沈めて襖に刀を一閃《いっせん》させた。襖が二つに切り飛ばされ、長脇差《ながどす》や匕首を握った博奕打ちたちが現れた。博奕打ちたちは仰《の》け反《ぞ》り、呆然とした面持ちでいた。

「馬鹿な真似は命取りになる……」

半兵衛は冷たく笑った。

徳蔵は、背筋に突き上がる恐怖を覚えた。

「余計な真似はしないことだな」

半兵衛は言い残し、『鶯屋』を後にした。

徳蔵は、全身に広がる震えを懸命に抑えた。

「か、貸元……」

若い博奕打ちが声を掠《かす》れさせた。

「塩だ。塩を撒け」

徳蔵は必死に怒鳴った。怒鳴って恐怖に震える自分を隠したかった。

若い博奕打ちが返事をして台所に走った。

「万吉《まんきち》、捨吉を探しに行っている熊吉たちはどうした」

徳蔵は、手下の万吉に怒鳴った。

「まだ戻っちゃあいません」

「糞《くそ》ったれが。万吉、矢崎《やざき》の処に行ってみろ。捨吉が隠れているかも知れねえ」

徳蔵は、必死に恐怖から立ち直ろうとした。


料亭『鶯屋』の路地から万吉たち四人の博奕打ちが駆け出して行った。

斜向かいの茶店から半兵衛が現れ、万吉たちを追った。

万吉たちは、天王寺門前を抜けて芋坂《いもざか》に向かった。

何処に行く気だ……。

半兵衛は、巻羽織を脱いで尾行した。

尾行を気にしない万吉たちは、半兵衛にとって楽な獲物だった。

芋坂から石神井川《しやくじいがわ》に出た万吉たちは、善光寺前の橋を渡って根岸《ねぎし》に進んだ。


浅草寺界隈に捨吉は見つからない……。

鶴次郎と幸吉、由松、勇次たちは、浅草に暮らす博奕打ち、地廻り、遊び人たちを虱潰《しらみつぶ》しに当たって探し続けた。そして、捨吉らしき若い男が、山谷堀《さんやぼり》に架かる今戸橋《いまどばし》の船着場にいたのを突き止めた。そして、捨吉らしき若い男は、隅田《すみだ》川《がわ》沿いの道を今戸に向かっていた。

「捨吉に間違いないかな……」

由松は首を捻った。

「よし。由松と勇次は、浅草を探し続けてくれ。鶴次郎の兄貴と俺は、捨吉らしき若い男を追ってみる」

幸吉は、厳しい面持ちで由松と勇次に告げた。由松と勇次は頷いた。

「じゃあ、鶴次郎の兄貴……」

「ああ。由松、勇次、浅草を頼んだぜ」

「はい」

幸吉と鶴次郎は、隅田川沿いの道を今戸に向かった。

隅田川は今戸、橋場《はしば》、そして千住大橋《せんじゅおおはし》に続いている。

鶴次郎と幸吉は、捨吉の痕跡を探しながら隅田川沿いを遡《さかのぼ》った。

根岸の里は続いた。

御隠殿《ごいんでん》、梅屋敷、不動尊五行松《ごぎょうのまつ》……。

万吉たち四人の博奕打ちは、石神井川沿いの道を急いだ。

半兵衛は尾行した。

このまま進むと下谷の金杉町《かなすぎちょう》、三ノ輪《みのわ》、通新町《とおりしんまち》、千住大橋に抜ける。

その何処かに行く……。

半兵衛は慎重に尾行した。

根岸の里は日差しに溢れ、長閑《のどか》に続いていた。


千住大橋は隅田川に最初に架けられた橋だ。そして、千住大橋を渡った先にある千住宿は、奥州《おうしゅう》街道や水戸街道の出発地であり、町奉行所の支配を外れる朱《しゅ》引外《びきがい》だった。

千住大橋……。

捨吉は、隅田川に架かる千住大橋を眩しげに眺めた。千住大橋には旅人が行き交っていた。

千住大橋を渡って隅田川を越えれば、朱引外になり、江戸の町奉行所の手を逃れられる。

このまま江戸から逃げる……。

捨吉は、そのつもりで浅草からここまで来たのだ。

おしんやおみよ、そしてお師匠さまの顔が浮かんでは消えた。

捨吉は迷い躊躇《ためら》った。


千住大橋の外れの田畑に古い百姓家があり、子供たちの遊ぶ楽しげな声が溢れていた。

万吉たち四人の博奕打ちは、古い百姓家の庭に踏み込んだ。

遊んでいた子供たちは、万吉たちに気付いて百姓家に逃げ込んだ。万吉は、逃げ遅れた幼い男の子を捕らえて小脇に抱えた。幼い男の子は泣き叫んだ。

「いるか捨吉。いるなら出て来い。さもなければ餓鬼《がき》を絞め殺すぞ」

万吉はからかうように叫んだ。

前掛けをしたおみよが、百姓家から飛び出して来た。

「新助《しんすけ》ちゃん」

「お姉ちゃん……」

新助と呼ばれた幼い男の子は、身体を突っ張らせて抗って泣いた。

「おみよ、捨吉の野郎はいるか……」

「いません。捨吉の兄ちゃんはいません。だから、新助ちゃんを返して下さい」

おみよは必死に叫んだ。

「本当に捨吉の野郎はいねえのか」

「おらぬ……」

座敷の障子を開け、寝巻きを着た痩せ細った初老の男が現れた。

おみよは、初老の男の許に駆け寄った。

「お師匠さま……」

「おみよの申す通り、捨吉はおらぬ」

初老の男は、そう云って激しく咳き込んで崩れた。

「お師匠さま……」

おみよは、初老の男に縋《すが》ってその背を撫でた。初老の男は、身体を揺らして苦しげに咳き込み続けた。

「兄貴……」

博奕打ちが眉をひそめた。

「ふん。死に損ないが……」

万吉は、嘲笑を浮かべて吐き棄てた。

「よし。そろそろ新助を放すんだな」

半兵衛が庭先に入って来た。

「手前……」

博奕打ちたちは怯え、我先に逃げようと身を翻した。半兵衛の十手が日差しに煌めいた。

博奕打ちたちは、半兵衛の十手に打ち据えられて次々と倒れた。

一瞬の出来事だった。

万吉は愕然《がくぜん》とし、おみよと初老の男は茫然《ぼうぜん》とした。

「さあ、新助を放しな」

半兵衛は、万吉に笑顔で命じた。

万吉は我に返り、慌てて新助を放した。

刹那《せつな》、半兵衛の十手が万吉の首筋を打った。万吉は気を失って倒れた。

「お前がおみよかい……」

半兵衛は微笑《ほほえ》み掛けた。

「はい」

「私は北町奉行所の白縫半兵衛だ」

「白縫どのですか、拙者は武州《ぶしゅう》浪人矢崎郡兵衛《ぐんべえ》です。お助け戴き、かたじけのうございました」

矢崎は苦しげに礼を述べた。

「いえ。礼には及びません。誰か自身番に行って人を呼んで来てくれないかな」

半兵衛は、家から出て来た子供たちに声を掛けた。

「おいらが行ってくる」

十歳ほどの男の子が駆け出して行った。

「さあ、休むんですな」

半兵衛は、矢崎を座敷に敷かれている蒲団に寝かせた。

「かたじけない……」

矢崎は息を荒く鳴らした。


北町奉行所の同心……。

捨吉は、百姓家の横手の生垣に潜み、事の次第を見届けた。

鶯屋の糞野郎……。

捨吉は、『鶯屋』徳蔵に怒りを燃やした。

十歳ほどの男の子が、自身番の番人たちと駆け戻って来た。

捨吉は素早く身を隠した。

半兵衛は、駆け付けて来た自身番の番人や町役人に、縛り上げた万吉たち博奕打ちを預けた。町役人たちは、万吉たちを引き立てて行った。

新助たち子供は見送り、賑やかに遊び始めた。

「お役人さま、お茶をどうぞ……」

おみよが、座敷から半兵衛を呼んだ。

「そいつはすまないね」

半兵衛は座敷にあがり、薄い茶を啜った。

矢崎は蒲団に横たわり、薄い胸を静かに上下させていた。

「このような姿で申し訳ありません」

矢崎は詫びた。

「いいえ。それより矢崎さん、この家はどのような……」

半兵衛は尋ねた。

「親のない子の家です」

「親のない子……」

「はい。元々は私が寺子屋をしていたのですが、ある朝、幼い子が置き去りにされていて……。以来、棄てられた子や置き去りにされた子を預かるようになった家です」

古い百姓家は孤児《みなしご》の宿だった。

「では、あの子供たちも……」

半兵衛は、庭で遊んでいる新助たち子供を眺めた。

「みんな孤児です。私も……」

おみよは、淋しげな笑みを浮かべた。

「では、捨吉は……」

「私の兄です」

「おみよの兄ちゃん……」

「はい。兄ちゃんが六歳で私が二歳の時、おっ母さんが流行《はや》り病で亡くなり、お父っつぁんに棄てられ、二人であちらこちらをうろついて、ようやくここに辿り着いてお師匠さまに助けていただきました」

「そうだったのか……」

「お役人さま。兄ちゃん、本当は松吉《まつきち》って名前なんです。でも、俺は棄てられたから捨吉だと言い出して、それで捨吉と呼ばれるようになったのです」

おみよの声には涙が滲んだ。

捨吉こと松吉は、父親に棄てられた己を蔑《さげす》んで自ら〃捨吉〃と名乗った。

余りにも哀しすぎる……。

半兵衛は、〃捨吉〃と名乗り、博奕や悪事にのめりこんで行く松吉を哀れみ、苛立ちを覚えずにはいられなかった。

「それで捨吉は何故《なにゆえ》、口入屋の吉野屋に押し込み、吉五郎を殺して二十両の金を奪ったのか知っているかな」

「白縫さん、ここにはおしんという十七歳になる娘がおりましてな。口入屋の吉野屋の周旋《しゅうせん》で料亭の鶯屋に女中の通い奉公に出たのです。ですが、おしんは帰って来ず、私は鶯屋に参りました。そうすると鶯屋の徳蔵は、おしんは年季奉公で吉野屋に二十両もの金を渡したというのです。私は驚き、口入屋の吉野屋に行って吉五郎を問い詰めました。しかし、吉五郎は知らぬ存ぜぬと惚け、相手にしてくれませんでした」

「それで私が兄ちゃんに云ったんです。そうしたら兄ちゃん、吉野屋の吉五郎に騙されたんだと怒って……」

おみよは、零《こぼ》れる涙を前掛けで拭った。

「吉野屋に押し込み、吉五郎を殺《あや》めて二十両の金を奪ったのか……」

「はい。それで、おしんちゃんを早く取り戻せと、二十両を私に……」

「おそらく吉五郎は、捨吉を相手にしなかったんでしょう。それ故、捨吉はかっとなり、吉五郎を手に掛けたのです。何もかも私が不甲斐《ふがい》ないばかりに……」

矢崎は己を責め、哀しげに項垂《うなだ》れた。

捨吉が、口入屋『吉野屋』の吉五郎を殺して二十両の金を奪った理由は分かった。

「それで、おしんは今何処に……」

「私が身請けに行けず、まだ鶯屋におります」

『鶯屋』徳蔵は、いずれはおしんに客を取らせようとしているのだ。

「そうですか。じゃあおみよ、捨吉が吉五郎を殺して奪った二十両、渡して貰おうか」

「お役人さま……」

「おみよ、お渡ししなさい」

矢崎は告げた。

「おみよ、決して悪いようにはしないよ」

半兵衛は微笑んだ。

庭先で遊ぶ子供たちの笑い声が明るく響いた。

三

千住大橋から下谷に続く道には旅の匂いが微かに漂っている。

鶴次郎と幸吉は、通新町の自身番を訪れた。

「あっ。北の御番所の白縫の旦那が捕まえた野郎どもは、縛り上げて裏の納屋に閉じ込めてありますぜ」

自身番の番人は、鶴次郎と幸吉に告げた。

「半兵衛の旦那が……」

鶴次郎と幸吉は戸惑った。

「あれ、親分たちは白縫の旦那と一緒じゃあないんですかい」

「いや。同じ事件を追っちゃあいるけど……」

「半兵衛の旦那、今何処にいるんだい」

鶴次郎は尋ねた。

「へい。寺子屋のお師匠さんの処にいらっしゃるはずですが……」

「寺子屋……」

「もっとも今はほとんど孤児の家ですがね」

「孤児……」

寺子屋に孤児……。

鶴次郎と幸吉は、意味が分からず顔を見合わせた。

「やあ。造作を掛けたね」

半兵衛が、番人に声を掛けながら自身番に入って来た。

「いいえ。野郎どもは裏の納屋に閉じ込めてありますよ」

「そうか……」

「旦那……」

鶴次郎は声を掛けた。

「やあ、鶴次郎、幸吉……」

半兵衛は、鶴次郎と幸吉に気付いた。

「幸吉。助っ人、ご苦労だね」

「いいえ……」

「それで、此処には捨吉を追って来たのかい」

「はい。それより旦那、寺子屋とか孤児ってのは……」

鶴次郎は眉をひそめた。

「うん、それなんだがね……」

半兵衛は苦笑し、花川戸の口入屋『吉野屋』を訪れてからの顛末《てんまつ》を話して聞かせた。

「それで、寺子屋の孤児ですか……」

鶴次郎は、深々と吐息を洩らした。

「それにしても旦那。矢崎さんとおみよの云う通りなら、悪いのは殺された吉五郎と徳蔵ですぜ」

幸吉は、微かな怒りを滲ませた。

「うん。それで、捨吉は何処だい」

「そいつが、この界隈にいるはずなのですが、ひょっとしたらその寺子屋の近くに潜んでいるかも知れません」

鶴次郎は睨んだ。

「うん。よし、鶴次郎と幸吉は、寺子屋を見張ってみるんだな」

「はい。で、旦那は……」

「私は、博奕打ちたちを大番屋に送ってからちょいと谷中にね」

半兵衛は小さく笑った。

鶴次郎と幸吉は、通新町の外れにある古い百姓家の寺子屋に向かった。


西の空は赤く染まり始めた。

捨吉は、物陰に潜んで料亭『鶯屋』の表を窺った。

料亭『鶯屋』の軒行燈《のきあんどん》には火が灯され、裏手に続く路地には博奕打ちたちの影が揺れていた。

おしん……。

捨吉は、出入りする女中におしんを探した。だが、おしんの姿はなかった。

何処だ。おしんは何処にいるのだ……。

捨吉は焦り、苛立った。

盛り場には客を引く女の嬌声が溢れ、夜の闇と共に賑やかになる。

谷中・天王寺の門前から半兵衛がやって来た。

捨吉は驚き、物陰に潜んだ。

半兵衛は、料亭『鶯屋』の暖簾を潜った。

捨吉は、物陰から怪訝《けげん》な面持ちで見送った。


座敷には酒の臭いが澱《よど》んでいた。

半兵衛は、庭の障子を開け放した。

「何の御用ですかい……」

徳蔵は、再び訪れた半兵衛に怯えながらも探る眼差しを向けた。

通新町に行った万吉たちが戻らず、半兵衛が再び現れた。

徳蔵は、不吉な思いに襲われていた。

「他でもない。おしんを身請けに来たよ」

「おしんを……」

徳蔵は眉をひそめた。

「うん。矢崎さんに聞いたが、二十両での年季奉公だそうだね」

「は、はい……」

半兵衛は、懐から二十両の小判を出した。

「二十両ある。おしんの身柄と証文を渡して貰おうか……」

「徳蔵、金に色はついていない。出処を気にするお前でもあるまい」

半兵衛は、微かな嘲《あざけ》りを浮かべた。

「旦那……」

「旦那、この金は……」

「おしんと証文、早く渡すんだね」

徳蔵は、悔しげに半兵衛を一瞥《いちべつ》して座敷から出て行った。

半兵衛は、座敷の周囲に人の気配を感じた。

「万吉たちは大番屋にいる。逢いたければ連れて行ってやるよ」

半兵衛は静かに告げた。

座敷の周囲の人の気配は消えた。

「さあ、入りな」

徳蔵は、女中姿の十七、八歳の娘を連れて入って来た。

若い娘は怯えたように顔を伏せ、小刻みに震えていた。

「おしんかい……」

半兵衛は優しく微笑んだ。

「はい……」

「私は北町奉行所の白縫半兵衛という同心だ。矢崎さんに頼まれて身請けに来たよ」

「お師匠さまに……」

おしんは、驚いたように半兵衛を見た。

「うん。徳蔵、証文を貰おうか」

徳蔵は、証文を差し出した。半兵衛は証文を受け取り、一読して懐に入れた。

「結構だ」

「だったら、さっさと連れて行って下せえ」

徳蔵は不貞腐《ふてくさ》れた。

半兵衛は苦笑した。

「おしん、これでお前さんは自由の身だ。さあ、お師匠さんとおみよたちが待っている。帰るよ」

「はい……」

おしんは、顔を輝かせて頷いた。

おしん……。

捨吉は緊張した。

おしんは、町方同心と一緒に料亭『鶯屋』から出て来た。

「さあ、急いで帰ろう」

「はい」

おしんは嬉しげに頷き、町方同心に促されて根岸に向かった。

おしんは、同心に助けられて通新町の寺子屋に帰る……。

捨吉はそう読み、安堵の吐息を洩らした。

料亭『鶯屋』の裏に続く路地から若い博奕打ちが現れ、同心とおしんを見送った。

「金八《きんぱち》、奴らは……」

二人の浪人が路地から続いて現れ、半兵衛たちを見送った若い博奕打ちに訊いた。

「へい。天王寺の方に……」

「天王寺だと」

「村井《むらい》の旦那、おそらく根岸を抜けて通新町に帰るつもりですぜ」

「よし。追うぞ黒川《くろかわ》」

「うむ」

浪人の村井と黒川は、金八を道案内にして足早に同心とおしんを追った。

闇討ちする気だ……。

捨吉は、己の血相が変わるのが分かった。


古い百姓家の寺子屋は小さな明かりが灯され、子供たちの楽しげな声が溢れていた。

鶴次郎は、生垣の陰から雨戸の開けられた板の間を見つめていた。板の間ではおみよたち子供が、飯と汁の質素な夕食を美味《うま》そうに食べている。

鶴次郎は見守った。

「兄貴……」

幸吉が傍らにやって来た。

「捨吉、どこにもいませんぜ」

「そうか……」

「ひょっとしたら、千住大橋を渡って朱引の外に逃げたのかも知れませんね」

朱引の外に逃げられると事は面倒だ。千住の外は御府外となり、江戸町奉行所から勘定奉行所の管轄になる。

「うん……」

鶴次郎は眉をひそめた。

幸吉は、板の間で楽しげに夕食を食べているおみよたち子供を眺めた。

「楽しそうですね」

「ああ。大した飯でもないのに喜んで食べている。健気《けなげ》なもんだぜ」

鶴次郎は、ささやかな幸せを喜ぶ子供たちに目頭が熱くなった。

「ええ……」

幸吉は頷いた。

「病のお師匠さま、養生所の良哲《りょうてつ》先生に診せてやりたいな」

「兄貴、一件が片付いたら考えてみましょう」

「うん……」

鶴次郎と幸吉は、生垣の陰に潜んで楽しげなおみよたち子供を見守った。

根岸の里の夜空には星が輝いていた。

半兵衛とおしんは、提灯《ちょうちん》の明かりで足許を照らし、月明かりに輝く石神井川沿いの道を通新町に急いでいた。

夜の静けさに川のせせらぎが続き、野鳥の鳴き声が甲高く響いた。

「白縫さま……」

「なんだい」

「私の身請け代の二十両もの大金、どうされたんですか……」

「二十両か……」

「はい」

「心配するな。お前は年季奉公なんかしちゃあいない。鶯屋の徳蔵と吉野屋の吉五郎の下手《へた》な狂言、悪巧《わるだく》みだよ」

「それならいいんですが……」

半兵衛とおしんは、川沿いの夜道を進んだ。

月明かりに浮かぶ梅屋敷が行く手の対岸に見え、小橋の袂《たもと》の闇が僅かに揺れた。

半兵衛はおしんを止めた。

「白縫さま……」

おしんは、怪訝に半兵衛を見上げた。

「私から離れてはならぬ」

半兵衛はおしんに命じ、提灯の火を吹き消した。おしんは、怯えを滲ませて半兵衛に従った。半兵衛は、おしんを背にして夜道を進んだ。


小橋の袂の闇を大きく揺らして浪人の黒川が現れ、刀を煌めかせて半兵衛に斬り掛かった。半兵衛は、抜き打ちの一刀を横薙《よこな》ぎに閃《ひらめ》かせた。

甲高い金属音が鳴り、火花が飛び散った。

黒川は尚も斬り掛かり、半兵衛は鋭く踏み込んで応戦した。黒川は後退りし、息を荒く鳴らして懸命に体勢を整えた。だが、黒川は半兵衛の敵ではなかった。

浪人の村井が背後に現れ、猛然と半兵衛に突っ込んだ。おしんは、恐怖に短く叫んだ。半兵衛は身を翻し、村井の見切りの内に踏み込んで刀を閃かせた。

村井は仰け反り、斬られた脇腹から血を振り撒いて倒れた。

「おのれ……」

黒川は怯《ひる》んだ。

「鶯屋徳蔵に金で頼まれたのかい……」

「煩せえ」

黒川は声を震わせた。

「徳蔵に余計な真似は命取りになると云ったはずだ。覚悟するんだね」

半兵衛は嘲笑し、背後で震えているおしんを促して先を急いだ。

黒川は恐ろしげに見送った。

「村井の旦那……」

暗がりに潜んでいた金八が、倒れている村井に駆け寄った。村井は苦しげに呻いた。

「黒川の旦那、村井の旦那、まだ生きていますよ」

「だったら医者に運んでやれ。金八、俺は白縫たちを追う」

黒川は頬を引き攣《つ》らせ、来た道を走り去った。

「黒川の旦那……」

黒川は半兵衛に敵わないと知り、徳蔵から貰った前金の二両を握り締めて逃げたのだ。

「汚ねえ野郎だ」

金八は怒り、吐き棄てた。

「き、金八、助けてくれ……」

村井は涙を零し、苦しげに助けを求めた。

「しっかりして下せえ。村井の旦那……」

金八は、村井を背負って来た道を戻り始めた。

捨吉は、村井を背負って戻って行く金八を見送った。

お師匠さまや寺子屋を護らないで、朱引の外に逃げ出すわけにはいかない……。

捨吉は覚悟を決めた。

四

柳橋の船宿『笹舟』の暖簾は夜風に揺れていた。

「浅草界隈に捨吉らしい野郎はいないか……」

弥平次は眉をひそめた。

「はい。やはり、鶴次郎さんや幸吉の兄貴の睨み通り、捨吉は隅田川の上流、千住の方に行ったのかもしれません」

由松は告げた。

「それで親分、幸吉の兄貴から何か報せは」

勇次は身を乗り出した。

「何もない」

「そうですか……」

勇次は肩を落とした。

「ま、いずれにしろ今戸、橋場、千住の何処かか、朱引の外に逃げたかだな」

「お父っつぁん……」

襖の外にお糸が来た。

「なんだい、お糸」

「雲海坊さんが……」

「おう。入って貰いな」

由松と勇次は脇に退け、雲海坊の座を作った。お糸が襖を開け、雲海坊が入って来た。

「ご免なすって……」

「おう、何かあったかい」

「はい。帰り道、大番屋の前を通ったんですがね。半兵衛の旦那が、谷中八軒町の料亭鶯屋の若い衆を送って来たそうですぜ」

「半兵衛の旦那が……」

「ええ。下谷通新町の自身番から……」

「下谷通新町の自身番から八軒町の料亭の若い衆をね」

弥平次は思いを巡らせた。

「はい……」

「どうぞ……」

お糸が、茶を淹《い》れて雲海坊に差し出した。

「かたじけない」

雲海坊は茶を啜った。

「親分……」

由松が膝を進めた。

「よし。雲海坊、由松と一緒に八軒町の料亭鶯屋に行ってくれ。俺は勇次と通新町の自身番に行く」

「承知しました。じゃあ、雲海坊の兄貴……」

由松は立ち上がった。

「おう」

雲海坊は、茶を飲み干して続いた。

「勇次、猪牙《ちょき》を仕度しな」

弥平次は命じた。

夕餉《ゆうげ》を終えた新助たち子供は、おみよの指図で後片付けをし始めた。

鶴次郎と幸吉は、寺子屋の周囲に捨吉が現れるのを待った。

「幸吉……」

鶴次郎は、夜道を足早に来る二つの人影に気が付いた。

鶴次郎と幸吉は、暗がりに潜んで二つの人影が近づくのを待った。

二つの人影は半兵衛とおしんだった。

「半兵衛の旦那ですぜ」

幸吉は暗がりを出ようとした。だが、鶴次郎が押し止めた。幸吉は戸惑った。

「後を追って来る奴がいるかどうか確かめるんだ」

鶴次郎は囁《ささや》いた。

幸吉は頷き、暗がりに戻った。

半兵衛とおしんは、寺子屋の前に立ち止まった。

寺子屋からは、小さいが温かい明かりと子供たちの楽しげな声が洩れていた。

「みんな……」

おしんは、寺子屋を見つめて涙ぐんだ。

「さあ、おしん、帰りな」

「白縫さま……」

「そうだ、こいつを矢崎さんに見せるんだ」

半兵衛は、懐から証文を出しておしんに渡した。

「ありがとうございました」

おしんは証文を握り締め、半兵衛に深々と頭を下げて寺子屋に駆け込んで行った。

半兵衛は見送った。

「旦那……」

鶴次郎と幸吉は、追って来た者がいないのを確かめて半兵衛に駆け寄った。

「おう……」

「おしん姉ちゃん」

おみよの弾んだ声と子供たちの歓声が、寺子屋の中からあがった。

「あの娘がおしんですか……」

鶴次郎は微笑んだ。

「うん」

「鶯屋の徳蔵、よくおとなしく返しましたね」

幸吉は感心した。

「浪人が二人、付け馬でついて来たよ」

半兵衛は苦笑した。

「付け馬……」

幸吉は厳しい面持ちになった。

「うん。で、捨吉が現れた様子は……」

「今のところ、まだ……」

鶴次郎は首を横に振った。

「旦那、捨吉は何しにここに戻ったんですかね」

幸吉は眉をひそめた。

「お上から逃げるのなら千住大橋を渡り、さっさと朱引の外に出るのが一番です。ですが、捨吉はこの界隈をうろついている。何をしようとしているのか……」

幸吉は首を捻った。

「吉五郎の次は徳蔵を狙っているのかもな」

鶴次郎は睨んだ。

「徳蔵は、矢崎さんやおしんを苦しめ、自分を人殺しに追い込んだ片割れ、おまけにこれからも寺子屋の孤児たちに何をするか分からない……」

半兵衛は、捨吉の気持ちを推《お》し量《はか》った。

「きっと……」

鶴次郎と幸吉は頷いた。

「半兵衛の旦那……」

弥平次と勇次が、通新町の往来からやって来た。

「おう、弥平次の親分じゃあないか……」

半兵衛は、弥平次と勇次を迎えた。

「自身番でこちらだと聞きましてね」

「造作を掛けるね」

「いいえ。八軒町の鶯屋には、雲海坊と由松をやりましたよ」

「そうか……」

「それから、半次はうちで養生をしているのでご安心を……」

「いつもすまないね」

「いいえ。もし、八軒町に行かれるなら、ここはあっしと勇次が引き受けますよ」

「そうして貰えると助かる」

「お任せを……」

弥平次は頷いた。


天王寺門前の盛り場は、夜更けと共に賑わっていた。

八軒町の料亭『鶯屋』に客は少なかった。

捨吉は、暗がりに潜んで『鶯屋』を見張り、徳蔵の動きを摑もうとした。

『鶯屋』の裏口に続く路地には、警固の博奕打ちの若い衆の姿も見えなかった。

徳蔵は焦り、苛立っていた。

半兵衛が現れて以来、身内の博奕打ちは一人消え二人消えしていた。

貸元の俺を見棄てて逃げ出すとは、義理も人情もねえ奴らだ……。

金で雇った浪人の村井が斬られ、黒川が逃走した事実は、博奕打ちたちに半兵衛の恐ろしさを思い知らせ、逃げ出すのに拍車を掛けた。

どいつもこいつも……。

徳蔵は長脇差を握り締め、酒を飲んで怒りを募らせた。


雲海坊と由松は、料亭『鶯屋』の周囲をそれとなく調べた。

「妙だな……」

雲海坊は眉をひそめた。

「ええ、博奕打ちもあまりいないし、鶯屋も静かなもんですぜ」

由松は首を捻った。

「徳蔵の野郎、いるんだろうな」

「そいつは、下男の父っつぁんに確かめましたよ」

「そうか、じゃあ見張り場所を探すか」

雲海坊と由松は、料亭『鶯屋』の店先を見通せる場所を探した。そして、見張るのに都合の良い場所に、若い男が潜んでいるのに気が付いた。

「雲海坊の兄貴……」

由松は若い男を睨み付けた。

「捨吉かも知れねえな」

雲海坊は睨んだ。

「ええ。徳蔵を見張り、何かしようって魂胆《こんたん》ですぜ」

雲海坊と由松は、捨吉と『鶯屋』を見張り始めた。


時は過ぎ、盛り場の賑わいも消え始めた。

捨吉は暗がりに潜み続け、雲海坊と由松は見張った。

料亭『鶯屋』の表の人通りは途絶えた。

今だ……。

捨吉は、懐の匕首を握り締めて動いた。

「由松……」

雲海坊と由松が続いた。

捨吉は往来を横切り、料亭『鶯屋』の裏に続く路地に素早く入った。路地の奥にある裏口の土間には、金八たち僅かに残った博奕打ちがいた。

「捨吉……」

金八たちは驚き、怒声をあげて取り囲んだ。

「徳蔵は何処だ」

捨吉は、匕首を抜いて振り廻した。金八たち博奕打ちは仰け反り、後退した。

「徳蔵、何処だぁ」

捨吉は怒鳴り、土間から框にあがって奥に進んだ。

「待て、捨吉」

金八たち博奕打ちは、慌てて捨吉を追い掛けた。しかし、雲海坊が現れて錫《しゃく》杖《じょう》を唸らせ、由松が拳大《こぶしだい》の石を包んだ手拭を振るった。金八たちは驚き、必死に抗った。そして、半兵衛が鶴次郎と幸吉を従えて駆け込んで来た。

捨吉は、徳蔵を探して奥に進んだ。しかし、徳蔵は勿論《もちろん》、手下の博奕打ちの姿もなかった。

捨吉は焦った。

次の瞬間、襖の陰から現れた徳蔵が、長脇差を構えて捨吉の背中に体当たりをした。捨吉は背中を刺され、激痛に顔を歪めて仰け反った。

「よくも吉五郎を殺しやがったな」

徳蔵は、捨吉の背から長脇差を引き抜いて再び突き刺した。だが、捨吉は徳蔵の長脇差を躱すように崩れ落ちた。

「徳蔵……」

捨吉は、倒れながらも必死に徳蔵を睨み付けた。

「この半端な糞餓鬼が……」

徳蔵は仁王立ちになり、倒れている捨吉に長脇差を振りかざした。

「ぶち殺してやる」

徳蔵は、捨吉に長脇差を突き刺した。捨吉は、必死に躱しながら匕首を一閃した。徳蔵は向こう脛《ずね》を斬られ、悲鳴をあげて倒れた。

「徳蔵、死ぬのは手前だ」

捨吉は匕首を握り締め、背中から血を滴《したた》らせて徳蔵に迫った。

「来るな、馬鹿野郎。来るな……」

徳蔵は長脇差を振り廻し、喉を引き攣らせて後退りした。

「よし。そこまでだ」

半兵衛が、鶴次郎、幸吉、雲海坊、由松と入って来た。

鶴次郎と雲海坊が、捨吉から匕首を取りあげた。そして、幸吉と由松が、徳蔵の長脇差を奪って押さえた。

「旦那、捨吉だ。吉五郎を殺した捨吉だ。早くお縄にして下せえ」

徳蔵は半兵衛に訴えた。

「分かっているよ、徳蔵。そして、お前は浪人たちに私とおしんを闇討ちするように命じた。その罪は重いよ」

「そんな……」

徳蔵は額から脂汗を滴らせ、疲れ果てたように項垂れた。

「幸吉、由松、大番屋に引き立ててくれ」

「承知。さあ、立ちな……」

幸吉と由松は、徳蔵を左右から抱きかかえて引き立てた。

「旦那……」

鶴次郎は、眉をひそめて半兵衛を呼んだ。

半兵衛は、倒れている捨吉の傍にしゃがみ込んだ。捨吉は眼を瞑《つぶ》り、息を苦しげに鳴らしていた。

捨吉の傷を見ていた雲海坊が、沈痛な面持ちで首を横に振った。

半兵衛は頷いた。

「捨吉……」

「旦那……」

捨吉は微かに眼を開けた。

「お師匠さまやおしんたちを頼みます」

捨吉は、喉を引き攣らせて声を嗄《か》らした。

「うん。出来るだけの事はする」

「ありがとうございます。そ、それから俺を庇って斬られた親分さんは……」

捨吉は、半次の身を心配した。

「大丈夫だ。死にはしないよ」

「良かった……」

捨吉は顔を歪めて笑い、眼を瞑った。

「しっかりしろ捨吉」

「旦那、妹のおみよに幸せになと……」

「分かった。必ずおみよに伝える」

捨吉は、安心したように微笑んだ。すでに痛みは感じないのか、その顔は穏やかだった。

「死ぬんじゃねえ、捨吉」

鶴次郎は叫んだ。

「へい……」

捨吉は穏やかな笑みを浮かべた。そして、笑みを浮かべたまま絶命した。

「捨吉……」

半兵衛は、捨吉の遺体に手を合わせた。

雲海坊は、低い声で下手な経を読み始めた。

谷中八軒町の盛り場の賑わいはすでに消えていた。


花川戸の口入屋『吉野屋』の主・吉五郎を殺し、二十両の金を奪った捨吉は死んだ。

半兵衛は、吉五郎殺しの落着を吟味与力の大久保忠左衛門に伝えた。そして、その背後に潜んでいた吉五郎と『鶯屋』徳蔵の悪辣《あくらつ》さを訴えた。

「おのれ、吉五郎に徳蔵。許しがたい奴らだ」

忠左衛門は、細い首を筋張らせて怒りを露わにした。

「それにしても矢崎郡兵衛、浪人でありながら孤児の世話をしているとは何と感心な」

「大久保さま。もしよろしければ、この矢崎さんの事をお奉行にお報せし、報《ほう》奨 金《しょうきん》を取らせては如何《いかが》でしょうか」

「報奨金……」

「はい。さすれば、我が北町奉行所の評判もあがるかと存じます」

「成る程、良い考えだ。よし、お奉行には儂《わし》が伝える。任せておけ」

忠左衛門は、薄い胸を叩いて引き受けた。

「流石《さすが》は大久保さま、よろしくお願いします」

半兵衛は頭を下げた。

鶴次郎と幸吉は、小石川養生所の本道医《ほんどうい》小川《おがわ》良哲に頼み、矢崎郡兵衛を診察して貰った。良哲は、矢崎を労咳《ろうがい》と診断した。そして、滋養を取っての療養を勧め、二十日に一度の往診を約束してくれた。

「それにしても旦那。おしんを身請けした二十両は、捨吉が吉五郎を手に掛けて奪ったもの。このまま内緒にしておいていいんですかい」

鶴次郎は眉をひそめた。

「鶴次郎、私は矢崎さんとおみよに頼まれておしんを身請けしただけだ。身請けの二十両が何処から出た金かは知らないよ」

半兵衛は笑った。

「知らん顔の半兵衛さんですか……」

鶴次郎は苦笑した。

「鶴次郎、世の中には私たちが知らん顔をした方がいい事もある。そうしなければ、二十両の為に吉五郎を殺め、死んでいった捨吉、いや松吉が浮かばれないよ」

「松吉……」

半次が戸惑いを見せた。

「うん。捨吉は子供の頃、妹のおみよと父親に捨てられた。それ以来、松吉って本名を使わず、捨吉と名乗ったそうだ」

「哀れな話ですね……」

半次は吐息を洩らした。

「だが、おしんや寺子屋を護り、半端者の捨吉から松吉に戻って死んでいった。私はそう思っている……」

半兵衛は、夏空を眩しげに見上げた。

何処までも青い夏空には、真っ白い雲が一つ浮かんでいた。

第四話　三行半《みくだりはん》

一

夏の暑い日が続き、大川は涼しさを求める人々で賑わっていた。

半兵衛は、半次を伴って北町奉行所に出仕した。北町奉行所の表門の腰掛で鶴次郎が待っていた。

「お早うございます、旦那」

「どうした鶴次郎、早いな」

半兵衛は、滅多に早く来ない鶴次郎を怪訝《けげん》に見つめた。

「はい。ちょいと扱って戴きたい事件がありましてね」

鶴次郎は、半兵衛に沈んだ眼を向けた。

「事件……」

半兵衛は戸惑いを浮かべた。事件なら先ずは定町廻り同心の出番だ。だが、定町廻りが出払っている時は、臨時廻り同心の出番になる。それを良く知っている鶴次郎が、半兵衛に事件を持って来た。

「どんな事件だ。鶴次郎……」

半次は眉をひそめた。

「俺の知っている長屋で暮らしている伊佐吉《いさきち》って大工が昨夜遅く刺されてね」

鶴次郎は声を潜めた。

「死んだのか……」

「いいえ。ですが危ないもんです」

「誰がやったんだい」

半次が訊いた。

「そいつが、伊佐吉の女房だ」

「女房……」

半次は驚いた。

「ああ。旦那、女房はおすみといいましてね。以前から伊佐吉に殴られたり、蹴られたりしていたそうです」

「それで思わず刺したか……」

半兵衛は睨《にら》んだ。

「きっと……」

鶴次郎は哀しげに頷《うなず》いた。

女房の亭主殺しは重罪であり、晒《さら》しの上で磔《はりつけ》の死罪だ。

「で、おすみは……」

「それが、行方知れずに……」

鶴次郎は吐息を洩らした。

「逃げたのか……」

半次は厳しく告げた。

鶴次郎は、亭主を刺して姿を消した女房のおすみを助けたがっている……。

半兵衛は、鶴次郎の気持ちを読んだ。

「分かった。鶴次郎、その長屋に案内しな」

半兵衛は鶴次郎を促した。

神田川に架かる浅草御門を渡り、蔵前《くらまえ》通りを浅草広小路に行く途中に鳥越橋はある。その鳥越橋を渡り、新堀川沿いを西に進むと元鳥越町に出る。

元鳥越町の片隅に椿長屋《つばきながや》はあった。

半兵衛と半次は、鶴次郎の案内で椿の古木のある長屋の木戸を潜った。

椿長屋の井戸端で洗濯をしていたおかみさんたちは、半兵衛たちに気が付いてお喋りを止めた。半兵衛は、おかみさんたちの厳しい視線を感じながら奥の家に向かった。


狭い家は薄暗く、薬の臭いが満ちていた。

腹を刺された伊佐吉は、蒲団《ふとん》の中で昏睡状態に陥って荒い息を鳴らしていた。

「医者の診立てでは危ないか……」

「ええ。出来るだけの手当てはしてくれたんですがね」

「付き添ってくれる人はいないのか」

半兵衛は眉をひそめた。

「日頃から気に入らねえ事があると、女房を殴ったり蹴ったりしていたそうでしてね。長屋のおかみさんたちも毛嫌いしているんですよ。ですから今度も、おかみさんたちはおすみに同情するばかりで、こっちの知りたい事には、満足に答えちゃあくれません」

「じゃあ今度の一件は、おすみが伊佐吉に殴ったり蹴ったりされて追い詰められて刺したと思っているのかい」

「はい。だから、おすみは悪くない。悪いのは伊佐吉だと……」

おかみさんたちの思いは、正しいのかも知れない。だが、あくまでもそれは感情に過ぎない。

「で、おすみが伊佐吉を刺したのを見た者はいるのかな」

「いえ。伊佐吉の悲鳴がして静かになったので、恐る恐る覗いたら伊佐吉が腹を刺されて倒れていて、おすみはすでにいなかったそうです」

おすみが伊佐吉を刺したところを見た者はいないし、確かな証拠もない。だが、姿を隠した事実が、伊佐吉を刺した証《あかし》とされた。

いずれにしろ、伊佐吉とおすみに訊かなければ事の真相は分からない。

半兵衛は思いを巡らせた。

「それにしても伊佐吉、このままでは医者の診立て通り命は危ないな」

半兵衛は眉をひそめた。

「旦那……」

「鶴次郎、伊佐吉が助かるか死ぬかで、おすみが下手人《げしゅにん》かどうかとお上の情けも決まる。伊佐吉を死なせちゃあならない」

　半兵衛は厳しい面持ちで告げた。

「旦那。何だったらあっしが小石川養生所にひとっ走りして、良哲先生に来てくれるように頼んでみましょうか」

　半次は身を乗り出した。

「そうしてくれるか」

「はい。じゃあご免なすって……」

　半次は駆け出して行った。

「それで鶴次郎、おすみが何処《どこ》に行ったのか見当は付かないのか」

「旦那。おすみには、死んだ前の亭主との間に今年六歳になる男の子がいましてね。伊佐吉と所帯を持った四年前、養子に出しているんです。ひょっとしたら、その子に逢いに行ったのかも知れません」

　鶴次郎の顔に哀しみが過《よ》ぎった。

「その子の養子先、どこか分かるか」

「宇田川町《うだがわちょう》の瀬戸物屋だと聞いていますが、詳しくは……」

　鶴次郎は、辛そうに首を横に振った。

「そうか……」

「旦那。おすみ、伊佐吉を殺したと思い込み、自害をするかもしれません」

鶴次郎は、緊張に喉を引き攣《つ》らせた。

「うん。とにかく宇田川町の瀬戸物屋を当たってみよう」

「はい……」

「ああ。それから鶴次郎。お前とおすみ、どんな関わりなんだい」

「おすみの死んだ前の亭主、あっしの実の兄貴なんですよ」

その昔、おすみは鶴次郎の兄貴の女房であり、義理の姉だった。

「成る程、そういう関わりか……」

「はい。申し訳ありません」

鶴次郎は黙っていたのを詫びた。

「なあに詫びる事はない。それより鶴次郎、伊佐吉を死なせてはならぬ。柳橋の笹舟に寄って手を借りよう」

「はい……」

柳橋は元鳥越町から近く、芝《しば》・宇田川町に行く途中にある。

半兵衛は、鶴次郎を宇田川町に先行させ、柳橋の船宿『笹舟』に急いだ。

船宿『笹舟』の弥平次は、半兵衛の話を聞き、幸吉と由松を伊佐吉の看病に行かせた。

「造作を掛けるね、親分」

「いいえ。それより旦那。おすみ、身投げをするおそれもありますね」

弥平次は眉をひそめた。

「うん。すまないが、その辺りを気にしてくれるか」

「はい。伝八や勇次たち船頭に気を付けるように伝えます」

「よろしく頼む。じゃあ……」

半兵衛は、船宿『笹舟』を後にして芝・宇田川町に急いだ。

両国から日本橋に抜け、日本橋通りを南に進むと京橋になり、やがて新橋《しんばし》に出て芝・宇田川町になる。

半兵衛は、宇田川町近くの飯倉神明宮《いいくらしんめいぐう》門前にある茶店『鶴《つる》や』を訪れた。

茶店『鶴や』は、岡っ引の神明の平七《へいしち》が女房のお袖《そで》に営ませていた。神明の平七は、半次や鶴次郎の兄貴分であり、半兵衛とも親しかった。

「邪魔するよ」

「これは白縫さま、おいでなさいまし」

平七の女房お袖が、半兵衛を出迎えた。

「やあ、お袖。変わりはないかい」

「お蔭さまで……」

「そいつは何よりだ。平七はいるかな」

「それが、庄太《しょうた》を連れて出掛けております」

「そうか、ところで鶴次郎はまだ来ていないか」

「鶴次郎さんですか……」

「うん。宇田川町に用があってね。鶴やで落ち合う事になっているんだ」

半兵衛は縁台に腰掛けた。

「そうですか。では、お茶を持って参ります」

お袖は奥に入って行った。

半兵衛は、『鶴や』の前を行き交う飯倉神明宮の参拝客を眺めた。

「旦那……」

鶴次郎が駆け寄って来た。

「どうだった」

「はい。自身番で聞いたんですが、宇田川町には瀬戸物屋は五軒ほどありまして、五、六歳の倅《せがれ》がいるのは二軒です」

鶴次郎は半兵衛に報せた。

「二軒ねえ……」

二軒の瀬戸物屋のどちらかにおすみの子が養子になっており、おすみが逢いに来るかも知れないのだ。

「それから、伊佐吉の処には幸吉と由松が行ってくれたよ」

「そりゃあ良かった」

「お待たせしました」

お袖は、半兵衛と鶴次郎に茶を差し出した。

「これは姐さん、お邪魔をしております」

「しばらくね、鶴次郎さん」

「はい。平七の親分は……」

「出掛けているそうだよ」

「そうですか。よろしくお伝え下さい」

半兵衛と鶴次郎は茶を飲み、お袖に挨拶をして宇田川町に急いだ。

宇田川町に五、六歳の男の子いる瀬戸物屋は二軒あった。

半兵衛と鶴次郎は、一軒目の瀬戸物屋『井筒屋《いづつや》』に向かった。

瀬戸物屋『井筒屋』の日除け暖簾《のれん》は夏の日差しに輝いていた。

半兵衛と鶴次郎は、『井筒屋』の周囲におすみの姿を探した。だが、おすみは『井筒屋』の周囲の何処にもいなかった。

「よし、私が訊いて来る。鶴次郎、お前は表を見張っていてくれ」

半兵衛は、鶴次郎を残して『井筒屋』の暖簾を潜った。


瀬戸物屋『井筒屋』の主《あるじ》・宇兵衛は、北町奉行所の臨時廻り同心の急な訪問に戸惑いを浮かべた。

「白縫さま、それで御用とは……」

「うん。井筒屋に五、六歳の倅がいるね」

「はい。清助と申しますが……」

「清助か……。つかぬ事を訊くが、清助は本当の子供かな」

「それはもう、女房が腹を痛めて産んだ子にございます」

宇兵衛は、驚いたように半兵衛を見つめた。

嘘偽りはない……。

半兵衛の直感が囁《ささや》いた。

「そうか、それならいいんだ。いや、突然訪れ、妙な事を尋ねて申し訳なかった。忘れてくれ」

半兵衛は詫びた。

「はあ……」

宇兵衛は、要領を得ないまま頷いた。


二軒目は『双葉屋《ふたばや》』という瀬戸物屋だった。

半兵衛と鶴次郎は、『井筒屋』の時と同じように『双葉屋』の周囲を調べ、おすみが現れなかったかを聞き込んだ。だが、おすみはいなく、その姿を見た者もいなかった。しかし、おすみは何処かに潜み、必ず子供の姿を見ようとしているはずだ。

半兵衛は、自身番に詰めている店番に頼み、瀬戸物屋『双葉屋』の主・彦造《ひこぞう》を密かに呼び出して貰った。

半兵衛は、瀬戸物屋『双葉屋』に鶴次郎を残し、自身番の奥の板の間で彦造と逢った。

「倅の文吉《ぶんきち》ですか……」

「うん、今年で六歳だと聞いたが……」

「はい。左様にございますが、文吉に何か」

彦造は眉をひそめた。

「それなのだが、文吉は養子だね」

半兵衛は彦造を見つめた。

「えっ……」

彦造は言葉を失い、戸惑いを浮かべた。

瀬戸物屋『双葉屋』の倅の文吉は養子であり、おすみが産んだ子供なのだ。

半兵衛は確信した。

「そうだね、彦造……」

半兵衛は念を押した。

「白縫さま……」

彦造の顔に怯えが過ぎった。

「文吉が何か……」

「彦造、文吉が養子なのは間違いないんだね」

半兵衛は微笑《ほほえ》んだ。

「はい。四年前、知り合いの口利きで二歳になったばかりの子を貰い、文吉と名付けました。ですが、文吉は子宝に恵まれなかった手前どものたった一人の子供なんです」

彦造は、半兵衛に必死に訴えた。

「その通りだ彦造。こいつは文吉やお前さんには何の関わりもない事だから、落ち着いて聞くんだ」

「はい……」

彦造は、緊張した面持ちで頷《うなず》いた。

「文吉の実の母親が、今の亭主に殴ったり蹴ったりされている内に、我を忘れて亭主を刺して逃げたようなんだ」

彦造は驚いた。

「もっとも亭主は、死んではいないんだがね」

「はあ……」

「それで母親の逃げた先を調べているんだが、先ずは我が子に逢いに来るんじゃあないかと思ってね」

「じゃあ……」

彦造は、思わず『双葉屋』の方を振り返った。

「うん。母親、我が子の文吉をひと目見ようと、何処かから双葉屋を見張っているはずだ」

「白縫さま、母親は文吉を返せというのでしょうか」

彦造は喉を鳴らした。

「いや。母親はそれ程、血迷っちゃあいない。我が子の幸せを考えれば、瀬戸物屋双葉屋の倅でいた方が良いのは分かり切っている」

「じゃあ……」

「只、ひと目逢いたいと願っている。私はそれだけだと思っているんだがね」

「はい……」

彦造は、己《おのれ》を落ち着かせるように頷いた。

「そこでだ彦造。頼みがある……」

半兵衛は膝を進めた。

二

薄暗く狭い家の中には、伊佐吉の苦しげに乱れた息が微かに洩れていた。

幸吉は、成《な》す術《すべ》もなく見守るだけだった。

「幸吉の兄貴……」

由松が入って来た。

「おう。どうした」

「どうもこうもありませんぜ。伊佐吉、外面《そとづら》はいいけど、女房のおすみには殴る蹴るの乱暴三昧《ざんまい》。長屋のかみさんたちに、刺されて同情する者は一人もいませんよ」

由松は、昏睡状態の伊佐吉を一瞥《いちべつ》した。

「乱暴亭主か……」

「ええ……」

腰高障子が開き、半次が養生所医師の小川良哲を連れて入って来た。

「半次の親分……」

「おう。来てくれていたのか」

「はい。半兵衛の旦那のお指図で……」

「そいつは助かった。良哲先生、さあ、どうぞ」

半次は、良哲を伊佐吉の傍に誘った。

「親分、こいつは暗いな。雨戸を開けてくれ」

「あっしが……」

由松が、身軽に立ち上がって雨戸を開けた。

明るい日差しが溢《あふ》れた。狭い家の中は争った跡はあるが、綺麗に掃除されていた。

半次は、おすみの人柄を垣間《かいま》見た。

良哲は、厳しい面持ちで伊佐吉の傷を診た。

半次、幸吉、由松は見守った。

「傷の手当ては良いが、高い熱が拙《まず》いな」

良哲は眉をひそめた。

「先生、何とか助けてやって下さい」

半次は頼んだ。

「うん。熱さえ下がれば大丈夫だが。ま、今夜がやまだな」

良哲は、熱冷ましの薬の用意を始めた。

「半次の親分、この事を半兵衛の旦那に報せますかい」

「幸吉、半兵衛の旦那が何処にいるのか知っているのか」

「はい。うちの親分に宇田川町の瀬戸物屋に行くと……」

「宇田川町なら飯倉神明門前にある鶴やって茶店に寄ってみな」

「飯倉神明門前の鶴やってのは確か……」

「ああ。神明の平七親分の店だ。旦那と鶴次郎はきっと顔を出しているはずだ」

「分かりました」

「じゃあ、旦那に良哲先生の診立てを伝えてくれ」

「承知しました。じゃあ由松、良哲先生のお手伝いをな」

「合点です」

幸吉は、元鳥越町の椿長屋を出て芝・宇田川町に向かった。

宇田川町の瀬戸物屋『双葉屋』は繁盛していた。

主の彦造は店を老番頭に任せ、一人息子の文吉を連れて飯倉神明宮に向かった。六歳になる文吉は、父親との久し振りの外出にはしゃいだ。

病で死んだ子供の頃の兄貴に似ている……。

鶴次郎は、彦造と楽しげに手を繫いで行く文吉が懐かしく思えた。

半兵衛と鶴次郎は、彦造と文吉の前後を固めて周囲を窺《うかが》った。

おすみは何処かで文吉を見ている……。

半兵衛と鶴次郎は、おすみを探しながら彦造と文吉を追った。だが、おすみの姿を捉える事は出来なかった。

彦造と文吉は、飯倉神明宮に参拝して茶店の『鶴や』の縁台に腰掛けた。

半兵衛は先行し、お袖と帰っていた岡っ引の神明の平七に事の次第を話し、『鶴や』の奥の暗がりから表を見廻した。

鶴次郎は、『鶴や』の外からおすみを探した。

おすみはいた。

茶店『鶴や』の横手の路地に潜み、縁台に腰掛けて嬉しげに団子《だんご》を食べる文吉を見つめていた。溢れて零《こぼ》れる涙を拭いもせず、おすみは文吉だけを見つめていた。

義姉《ねえ》さん……。

鶴次郎は、窶《やつ》れたおすみの横顔を痛ましく見守った。

おすみは、美味《うま》そうに団子を食べる文吉を飽きずに見守った。

鶴次郎は、『鶴や』の奥の見える位置に立ち、おすみの潜んでいる路地を示した。

半兵衛は見届けた。

「おすみ、どうやらいたようだ」

半兵衛は小さく笑った。

「どっちにですかい」

平七は尋ねた。

「こっちだ」

半兵衛は『鶴や』の左手を示した。

「分かりました。じゃあ裏から出ましょう」

「うん」

半兵衛は、平七に促されて『鶴や』の裏口に向かった。

おすみは、往来を臨む路地の入り口に潜んでいた。

半兵衛と平七は、おすみの背後に現れた。

おすみは、二人の気配を敏感に察知したのか振り返った。半兵衛と平七は、咄《とっ》嗟《さ》に隠れようとした。だが、狭い路地に隠れる場所はなかった。

おすみは、身を翻《ひるがえ》して往来に逃げた。

鶴次郎は物陰から現れ、おすみを追った。

おすみは、行き交う参拝客の間を日本橋の通りに向かって走った。

鶴次郎は追った。

半兵衛は、路地から往来に出て立ち止まって見送った。

平七は戸惑った。

「旦那……」

「平七、鶴次郎が追い掛けた。ここは下手《へた》に騒ぎ立てておすみを追い詰めてはならない」

「追い詰めちゃあ自害をしかねませんか……」

「うん。それにおすみは昔、鶴次郎の義理の姉だ」

「鶴次郎の義理の姉って、じゃあ病で死んだ亀太郎《かめたろう》さんの……」

平七は、鶴次郎の病で急死した兄の亀太郎を知っていた。

「うん。だから、ここは鶴次郎に任せておくよ」

「分かりました」

平七は頷いた。

半兵衛は、『鶴や』の店先に行き、瀬戸物屋『双葉屋』の彦造の隣に腰掛けた。

「白縫さま……」

彦造は、半兵衛を不安げに迎えた。

「母親、嬉しそうに文吉を見つめて泣いていたよ。これで思い残す事もないだろう」

「そうですか……」

「いろいろ造作を掛けたね。私からも礼を云うよ」

半兵衛は彦造に頭を下げた。

「し、白縫さま……」

彦造は慌てた。

「平七、彦造と文吉を店まで送ってやってくれ」

「心得ました。さあ、彦造さん……」

平七は彦造を促した。

「はい。文吉、おっ母さんが待っている。うちに帰るよ」

「うん。美味《おい》しかった」

文吉は縁台から降り、彦造の手を握った。

「それでは白縫さま……」

「うん。文吉、親孝行をするんだよ」

「うん」

文吉は明るく頷き、彦造の手を握って帰って行った。

半兵衛は、平七と一緒に帰って行く彦造と文吉を見送り、おすみと鶴次郎が走り去った新橋に向かった。


半兵衛は、芝口の通りを抜けて汐留川《しおどめがわ》に差し掛かった。

汐留川は溜池《ためいけ》から浜御殿《はまごてん》の傍を抜けて江戸湊に続いている。

「旦那……」

幸吉が、汐留川に架かる新橋を渡ってやって来た。

「どうした幸吉」

「はい。良哲先生が伊佐吉を診ましてね。今夜中に熱が下がれば、助かるだろうと仰《おつしや》いましたよ」

「そうか、助かるといいな……」

「はい。で、おすみは見つかったんですかい」

「うん。鶴次郎が追ったが、逢わなかったか」

「はい。日本橋から日本橋の通りを真っ直ぐ来ましたが……」

幸吉は、眉をひそめて往来を振り返った。

「そうか、だったら汐留川沿いに西の溜池か、東の浜御殿の方に行ったかも知れないな」

「どっちですかね……」

幸吉は首を捻った。

「幸吉ならどっちに逃げる」

「あっしですか、あっしなら浜御殿ですかね」

幸吉は、眩《まぶ》しげに東を眺めた。

「よし、じゃあ浜御殿に行ってくれ、私は溜池に向かう」

「はい」

「見つけても騒ぎ立てず、何事も鶴次郎の指図通りにな」

「承知しました。じゃあ……」

半兵衛と幸吉は、汐留川沿いの道を東西に別れた。


由松は、井戸から水を汲んで手桶《ておけ》に移した。

水は冷たい飛沫《しぶき》を飛ばした。

「どうして、あんなろくでなしを助けるのさ」

「えっ……」

由松は、背後からの声に振り向いた。

数人の長屋のおかみさんたちが、冷たい眼差しでいた。

由松は戸惑った。

「あいつはね、大したことでもないのにすぐにおすみさんを殴ったり蹴ったりしたろくでもない宿六《やどろく》だよ。そんな奴を助けたら、おすみさんが可哀想じゃあないか」

「そうだよ。おすみさん、今までどんなに辛い思いをして来たと思うんだい」

「そんな奴を助けようなんて、お上はどういう了見なのさ」

おかみさんたちは、伊佐吉への憎悪を滲《にじ》ませて由松を責めた。

「おかみさん、そいつは違う……」

由松は慌てた。

「何が違うんだよ。お医者まで連れて来ているんじゃあないか」

おかみさんたちは由松を遮《さえぎ》り、口々に伊佐吉の仕打ちを罵《ののし》り、おすみを庇《かば》った。

由松は、おかみさんたちの勢いに太刀打ち出来なかった。

「待って下さい」

伊佐吉の家から半次が出て来た。おかみさんたちは、一斉に半次を睨み付けた。

「半次の親分……」

由松は、密かに安堵の吐息を洩らした。

「おかみさんたちの仰る事はもっともです。あっしたちも出来るものならそうしたいぐらいです」

「だったら放っておけばいいんだよ」

「ところが放っておいて死んだら、おすみは人殺し、それも亭主殺しの重罪人になっちまう」

おかみさんたちは、微かに狼狽《ろうばい》して顔を見合わせた。

「冗談じゃあない。悪いのは伊佐吉だよ」

おかみさんは哀しげに声を震わせた。

「よく聞いておくんなさい。あっしたちが伊佐吉の命を助けるのは、おすみを助けたいからなんです」

「おすみさんを助ける……」

おかみさんたちは眉をひそめた。

「ええ。おすみが亭主の伊佐吉を刺した事は、町奉行所にはまだ正式に届けられていません。ですから、伊佐吉が死なない限り、おすみは人殺しにも亭主殺しにになりません。そして、命を取りとめたら、伊佐吉に己の悪さを認めさせて、事件にしないで済ませる事も出来るんです」

「だから、伊佐吉を助けるってのかい」

「ええ……」

半次と由松は頷いた。

「伊佐吉が助かれば、おすみさん、本当に罪人にならずにすむのかい」

おかみさんたちは、半次と由松に疑いの眼差しを向けた。

「今、あっしたちの同心の旦那が、事を穏便に収めようしてくれています。どうか、信用しちゃあくれないか……」

「本当だね。本当におすみさんを助けようとしているんだね」

おかみさんたちは、半次と由松を睨みつけて念を押した。

「嘘偽りはないぜ」

半次は頷いた。

「分かったよ」

「ありがてえ……」

由松は、安心したような笑みを浮かべた。

「でも、もし違ったら、私たちはお前さんたちを恨むからね」

半次と由松は、腰高障子を閉めて深い溜息を洩らした。

「ご苦労だったね」

良哲は、半次と由松を労《ねぎら》った。

「聞こえましたか……」

半次は苦笑した。

「ええ。半次の親分と由松さんが恨まれないように、私も一生懸命にやるよ」

良哲は小さく笑った。

三

汐留川の新橋からの上流には、難波橋《なんばばし》、土橋《どばし》があり、外濠と合流して幸橋《さいわいばし》御門と続いている。そして、幸橋御門を過ぎた処に空き地があり、人通りは少なかった。

おすみは、乱れた息を整えながら背後を窺った。追って来る町方同心の姿は見えなかった。おすみは安堵し、汐留川の岸辺に佇《たたず》んだ。

追って来た鶴次郎は、物陰に潜んでおすみを見守った。

おすみは、汐留川の流れを見つめた。

汐留川の流れは、日差しに美しく煌《きら》めいていた。

煌めきの中に、文吉の可愛い笑顔が眩しく蘇《よみがえ》った。

幸せに育てられている……。

おすみは、瀬戸物屋『双葉屋』の主夫婦に感謝し、手を合わせた。

文吉の幸せな笑顔を見た上は、もうこの世に用はない……。

おすみは、汐留川の流れに向かって僅かに進んだ。

亭主の伊佐吉を殺《あや》めた罪は重い。そして、その罪を償《つぐな》うには死ぬしかない。

おすみは覚悟を決め、汐留川の淵《ふち》に進んだ。

普段は小心なぐらいに真面目な伊佐吉だった。だが、大工としての仕事先での小さな失敗や棟梁《とうりょう》の小言を気にし、その苛立ちをおすみに理不尽《りふじん》にぶつけた。おすみは、自分が苛立せたと思って懸命に耐えた。だが、伊佐吉の暴力は続いた。やがて、おすみは伊佐吉が女房に理不尽な暴力を振るう男だと気が付き、愕《がく》然《ぜん》とした。

伊佐吉に殴られ蹴られ続けた数年間だった。

おすみの脳裏に、楽しげに拳を振るう伊佐吉の醜い顔が蘇った。おすみは、思わず振り払い、荒い息を鳴らした。

幸いだったのは、先夫の亀太郎との間に生まれた文吉を、瀬戸物屋『双葉屋』に養子に出していた事だった。

もし、文吉を連れて伊佐吉の許に行ったならどうなっていたのか……。

おすみは、背筋に悪寒を覚えずにはいられなかった。

おすみは身を投げる気だ……。

鶴次郎は気が付いた。

死んじゃあならねえ……。

鶴次郎は焦った。


汐留川の流れは、おすみを手招きするかのように煌めいた。

さよなら文吉……。

おすみは進み、汐留川の淵が僅かに崩れた。

「義姉さん……」

男の声が聞こえた。

「義姉さんじゃありませんかい……」

男の呼ぶ声は近づいて来る。

義姉さんとは私の事なのか……。

もし、そうだとしたら私を義姉さんと呼ぶ男の人は……。

「義姉さん、あっしだ。鶴次郎だ……」

鶴次郎さん……。

おすみは、思わず振り返った。

鶴次郎が、息を弾ませて駆け寄って来た。

「やあ、義姉さん。お久し振りです」

「鶴次郎さん……」

おすみは戸惑った。

前夫の亀太郎の弟の鶴次郎とは、何年振りかの出逢いだった。

「兄貴の弔《とむら》い以来かな……」

鶴次郎は、親しげな笑みを浮かべた。

「えっ、ええ……」

「ここで何を……」

鶴次郎は、怪訝に辺りを見廻した。

「いえ。ちょいと涼んでいたんですよ」

おすみは、突き上がる狼狽を隠して言い繕《つくろ》った。

「そうですかい。いやあ、本当に久し振りだ。どうです、その辺でお茶の一杯でも飲みましょうや」

鶴次郎は、おすみを汐留川の淵から引き離そうとした。

「いえ……」

おすみは、慌てて首を横に振り、汐留川の淵から離れなかった。力ずくで引き離そうとすれば、何が起こるか分からない。鶴次郎は何とか説得しようとした。

「いいじゃありませんかい。何年か振りに逢った義理の姉さんと弟だ。茶を飲むぐらいは」

鶴次郎は誘った。

おすみに取り憑いた死神を、このままにして離れるわけにはいかない。

鶴次郎は、粘り強く誘いながらおすみを死神から引き離す手立てを必死に考えた。

おすみに取り憑いた死神に勝てるものは、たった一つしかなかった。

「あっしもちょいと相談してえ事がありましてね」

「相談したい事……」

おすみは、鶴次郎に怪訝な眼差しを向けた。

「うん。実は文吉の事なんですよ」

「文吉……」

おすみは眉をひそめた。

「うん。義姉さん、文吉を養子に出したね」

「ええ。鶴次郎さん、文吉がどうかしたんですか」

おすみは、心配げに鶴次郎を見つめた。

「だから、そいつを茶を飲みながら聞いて欲しいんだ」

もう一押しだ……。

鶴次郎は粘った。


半兵衛は、汐留川の岸辺にいるおすみと鶴次郎を見守った。

「旦那……」

幸吉は、浜御殿側の探索を終えて駆け付けて来た。

「ご苦労さん。おすみだ……」

半兵衛は、鶴次郎と一緒にいる女を示した。

「おすみは身投げをしようとしてね。鶴次郎が何とか思い止まらせようとしている」

「おすみ、鶴次郎の兄貴の今の仕事、知っているんですかね」

幸吉は心配した。

「いや。おそらく知らないはずだ」

「それならいいですが……」

鶴次郎が町奉行所同心の配下だと知ったら、おすみは何をするか分からない。

幸吉はそれを心配した。

おすみは、汐留川の淵から離れた。


おすみから死神は離れた……。

鶴次郎は、汐留川の淵から離れたおすみに安堵した。

「鶴次郎さん、文吉に何か……」

おすみは不安を募らせた。

陽は西に廻り、汐留川の流れは赤く染まり始めた。


狭い部屋は西日に溢れた。

伊佐吉の乱れた息は鎮まり、額に汗が滲み始めた。

「思ったより早く熱が下がった」

良哲は、伊佐吉の額の汗を拭ってやった。

「本当ですかい」

半次は嬉しげな声をあげた。

「ああ……」

「じゃあ伊佐吉、助かりますね」

由松は身を乗り出した。

「いや。回復に向かってはいるが、まだまだ予断は許さないよ」

良哲は慎重だった。

「お邪魔しますよ」

おかみさんたちが、握り飯と味噌汁《みそしる》の入った鍋を持って来た。

「昼飯も満足に食べていないんだろう。みんなでお握りと味噌汁を作って来たよ」

味噌汁の香りが漂った。

「そいつはありがてえ」

由松は、嬉しげに相好を崩した。

「すまないな。助かるよ」

半次は礼を述べた。

おかみさんたちは、おそらく米櫃《こめびつ》の僅かな米を出し合って握り飯を作ったのだ。半次は、おかみさんたちのおすみへの気持ちが良く分かった。

「なあに、礼には及ばない。こいつはおすみさんの為だからね」

おかみさんたちは、憎々しげに伊佐吉を一瞥して言い放った。


行燈《あんどん》の明かりは小座敷を仄《ほの》かに照らした。

鶴次郎は、せいろ蕎麦《そば》を啜《すす》り終えて茶を飲んだ。おすみは、蕎麦に手をつけずに鶴次郎が食べ終わるのを待っていた。

「それで鶴次郎さん、文吉は双葉屋さんに可愛がられていると思いましたが、どうかしたんですか……」

おすみは、心配げに眉根を寄せた。

「義姉さん……」

鶴次郎は、吐息を洩らして膝を揃えた。

おすみは、鶴次郎を怪訝な眼差しで見つめた。

「申し訳ない」

鶴次郎は、両手を着いて頭を下げた。

「鶴次郎さん……」

おすみは、戸惑い困惑した。

「邪魔をするよ」

半兵衛が襖《ふすま》を開けて入って来た。

おすみは顔色を変え、慌てて立ち上がろうとした。だが、幸吉が戸口に現れ、襖を閉めた。

「おすみ。私は北町奉行所の臨時廻り同心白縫半兵衛という者だ」

おすみは、崩れるように座り込んだ。

「白縫さま……」

おすみは蒼ざめ、呆然とした。

「義姉さん、申し訳ない。あっしは今、旦那から手札を貰っているんだ」

鶴次郎は、懐《ふところ》の十手を僅かに見せた。

「そうだったの……」

おすみは、哀しげに項垂《うなだ》れた。

「おすみ、文吉は双葉屋の彦造夫婦に可愛がられ、大事に育てられているよ」

「じゃあ……」

おすみの顔に微かな安堵が過ぎった。

「鶴次郎が嘘をついたのは、お前さんに身投げをさせたくなかったからだ。私もこの通り謝る。鶴次郎を勘弁してやってくれ」

半兵衛は、おすみに頭を下げた。

「旦那……」

鶴次郎は、半兵衛がおすみに頭を下げたのを見て僅かに狼狽した。

「白縫さま、亭主殺しは死罪。どうぞお縄にして下さい」

おすみは、半兵衛に観念したように両手を差し出した。

「おすみ、伊佐吉は死んじゃあいない」

半兵衛は、小さな笑みを浮かべた。

「死んじゃあいない……」

おすみは、愕然として戸惑いを浮かべた。

「うん。今、小石川養生所の腕の良いお医者が、何とか助けようとしている」

「そんな……」

おすみは困惑した。

「義姉さん。義姉さんが亭主の伊佐吉を刺した事は、お上に正式に届けられちゃあいない。半兵衛の旦那が内緒で動いてくれているんだよ」

　おすみは驚きを浮かべた。

「伊佐吉が助かれば、お前さんは亭主殺しじゃあない。そして、お前さんが刺したのは、伊佐吉の乱暴から我が身を護《まも》ろうとした挙句に起きた事。そいつを伊佐吉が認めれば、お前さんは咎人《とがにん》じゃあないし、一件は事件にしないで済むんだよ」

　半兵衛は微笑んだ。

「白縫さま……」

　おすみは、驚いて言葉を失った。

「義姉さん。半兵衛の旦那は、伊佐吉が義姉さんを殴ったり蹴ったりしていると知り、何とか穏便に始末をしようとしてくれているんだよ」

「鶴次郎さん……」

　おすみは混乱した。

「義姉さん、伊佐吉は必ず命を取りとめる。だから、身投げをして死のうとなんか考えないでくれ。文吉もいつかは大人になり、自分が養子だと知り、実の親を探すかもしれない。その時、実の母親が罪人として死んだと知ったら哀しむだけだ。だから、死ぬな。文吉の為にも頼むから死なないでくれ」

鶴次郎は必死に訴えた。

おすみの頬に一筋の涙が伝った。

「どうだい、おすみ。出来るだけの事はする。鶴次郎の願い通り、死ぬのを思い止まってくれないかな」

半兵衛は微笑んだ。

「分かりました白縫さま。どうなろうが自分のした事、死なずに最後まで見届けます」

おすみは、涙を拭って頷いた。

「義姉さん……」

「鶴次郎さん、迷惑を掛けてご免なさい」

おすみは、淋しげに微笑んで鶴次郎に詫びた。

行燈の明かりが揺れた。

「半兵衛の旦那。あっしがひとっ走り、伊佐吉の様子を見てきましょうか」

幸吉が告げた。

「うん。幸吉、そうして貰えるかな」

「お任せを。じゃあ、ご免なすって……」

幸吉は、半兵衛と鶴次郎に軽く会釈をして蕎麦屋を走り出て行った。

半兵衛は、蕎麦屋の店主に酒を頼んだ。

酒は五体に染み渡った。

半兵衛は、鶴次郎やおすみと静かに酒を飲み続けた。

行燈は油がなくなってきたのか、小さな音を鳴らした。


狭い部屋には、ありったけの行燈や燭台《しょくだい》が灯されて明るかった。

良哲は、意識を失ったままの伊佐吉を見守り続けた。

由松は戸口の傍の壁に寄り掛かり、軽い寝息を立てていた。

「どうぞ……」

半次は、茶を淹《い》れて良哲に差し出した。

「すまない。いただくよ」

良哲は茶を飲んだ。

「どうですかい」

半次は、伊佐吉を一瞥して尋ねた。

「うん。熱は大分下がった。後は気を取り戻せばな……」

「そうですかい……」

外に駆け寄って来る男の足音がし、腰高障子が小さく叩かれた。

「誰だい」

由松は、反射的に眼を覚ました。

「由松か、俺だ」

「幸吉の兄貴……」

由松は腰高障子を開けた。

幸吉が入って来た。

「良哲先生、半次の親分。伊佐吉、如何《いかが》ですかい」

幸吉は、挨拶もそこそこに尋ねた。

「熱は下がったよ」

「そいつは良かった」

幸吉は顔をほころばせた。

「幸吉、おすみはどうした」

半次は尋ねた。

「はい。鶴次郎の兄貴が身投げを思い止まらせ、今は半兵衛の旦那も一緒にいます」

「そうか、そいつは良かった」

「おすみ、身投げをしようとしたのか」

良哲は眉をひそめた。

「はい。養子に出した一人息子の顔を一目見てから汐留川に……」

「気の毒に……」

良哲はおすみを哀れんだ。

苦しげな呻《うめ》き声が微かに洩れた。伊佐吉の呻き声だった。

良哲は伊佐吉の様子を診た。

伊佐吉は、顔を歪《ゆが》めて苦しげに呻いていた。

「しっかりしろ伊佐吉。目を覚ませ」

良哲は囁いた。

半次は、幸吉や由松と覗き込んだ。

伊佐吉は、苦しげに顔を歪めてようやく気を取り戻した。

「伊佐吉……」

良哲は声を弾ませた。

「良哲先生……」

「ああ。伊佐吉は助かった。どうにか命を取りとめたよ」

良哲は嬉しげに笑った。

「良かった……」

半次は吐息を洩らした。

「ええ……」

幸吉と由松は頷いた。

「おすみだ。おすみが、俺を刺し殺そうとしやがった……」

伊佐吉は、醜く顔を歪めて苦しげに訴えた。

「伊佐吉、そうさせたのは手前だろう」

半次は、伊佐吉を厳しく睨み付けた。

四

伊佐吉は一命を取り留めた。

幸吉は蕎麦屋に取って返し、半兵衛と鶴次郎、そしておすみに報せた。

「義姉さん、良かった……」

鶴次郎は喜んだ。

「はい。でも、私が亭主を刺したのに違いはないのです」

おすみは、喜びもせず淡々とした面持ちだった。そこには、どんな仕置でも受ける覚悟が見て取れた。

「おすみ、後は私が引き受けたよ」

半兵衛は笑った。


半兵衛は、おすみを船宿『笹舟』に預ける事にし、鶴次郎と幸吉に送らせた。

そして、八丁堀北島町の組屋敷に向かった。

夏の夜、街の辻々には夕涼みをする人々がおり、子供の笑い声が洩れていた。


伊佐吉の傷は日毎《ひごと》に良くなった。

半兵衛は、良哲の許しを得て伊佐吉の尋問を始めた。

伊佐吉は、蒲団の上に半身を起こしていた。

「やあ、大工の伊佐吉だね」

半兵衛は微笑み掛けた。

「はい……」

伊佐吉は、探るように半兵衛を見つめて頷いた。

「伊佐吉、こちらは北の御番所の白縫半兵衛の旦那だ」

半次は、伊佐吉に半兵衛を紹介した。

「災難だったな」

「へい。旦那、あっしを刺したのは女房のおすみです。おすみをお縄にして下さい」

伊佐吉は、おすみへの憎悪を露わにした。

「そいつは云われるまでもないが。伊佐吉、お前はどうして女房に刺されたんだい」

半兵衛は苦笑した。

「さあ、いきなり出刃包丁《でばぼうちょう》を持ち出しやがって、馬鹿な女の気持ちなんぞ。分かりゃあしませんよ」

伊佐吉は吐き棄てた。

「そうかな伊佐吉……」

半兵衛の眼に微かな怒りが過ぎった。

「ええ。女房の癖に亭主の俺を刺し殺そうとするなんて、とんでもねえ馬鹿女ですぜ」

「ま、幾ら女房でも、毎日のように大したわけもなく殴られ蹴られ続けりゃあ、身を護りたくもなるのが普通さ」

半兵衛は、伊佐吉を冷たく見据えた。

「旦那……」

伊佐吉は背筋に冷たさを覚えた。

「伊佐吉、お前がおすみを日頃からわけもなく殴ったり蹴ったりしていたのは分かっている。おすみはそれに耐え切れず、必死に自分の身を護ろうと抗《あらが》った。だが、所詮《しょせん》は男と女。力で勝てるはずもなく、出刃包丁を握るしか仕方がなかった」

半兵衛は、伊佐吉を見据えて淡々と告げた。

伊佐吉は、自分の立場が次第に悪くなるのに気が付いた。

「旦那……」

伊佐吉は喉を鳴らした。

「おすみをお縄にするなら、お前のおすみに対する日頃の行状も調べる事になる。もっとも隣り近所のおかみさんたちの話によれば、もう調べるまでもないがね」


半兵衛は、冷たい笑みを浮かべた。

伊佐吉は蒼ざめ、言葉を失った。

「伊佐吉、女房ってのは亭主が好き勝手に出来る持ち物じゃあない」

半兵衛は厳しく告げた。

伊佐吉は思わず身震いした。

「おすみをお縄にして裁きに掛ける時は、お前の所業も天下に詳しく知れる。そうなると世間さまはどう思うかな」

「世間さま……」

伊佐吉は怯えた。

「うん。世間の人の半分は女だ。この長屋でも分かるが、おかみさんたちはおすみに同情し、お前が悪い、当然の報いだと云っている。つまり、お前のして来た事は世間の女の殆どを敵に廻す所業なんだよ」

「旦那……」

伊佐吉は、声を震わせて半兵衛に縋《すが》る眼差しを向けた。

「世間は刺されたお前より、追い詰められて思わず刺したおすみに同情する。そうは思わないか」

伊佐吉は苦しげに喉を鳴らした。

「伊佐吉、それでもおすみをお縄にして裁きを受けさせたいかい」

半兵衛は、厳しく問い質《ただ》した。

「それは……」

伊佐吉は迷い躊躇《ためら》った。

「それとも、運悪く怪我をしただけだと忘れて、事件にせず穏便にすませるか……」

半兵衛は告げた。

伊佐吉は、不服げに顔を歪めた。

「伊佐吉、何ならお前の身辺を詳しく嗅ぎ廻ってもいいんだぜ」

半次が嘲笑を浮かべた。

「親分さん……」

伊佐吉は、密かに賭場《とば》に通って博奕《ばくち》を打っていた。たとえ微罪でも御法度《ごはっと》に触れるのは確かだ。それを突き止められた時、自分の身に何が起こるか分からない。

伊佐吉は恐怖に突き上げられた。

「どうする伊佐吉……」

半兵衛は促した。

「分かりました旦那。あっしは、手前で手前の腹を刺したんです」

伊佐吉は、肩を落として項垂れた。

「そうか。良く分かってくれたな」

半兵衛は微笑んだ。

「旦那……」

半次は微かに声を弾ませた。

「うん。半次、聞いての通り伊佐吉は分かってくれたようだ」

「はい。伊佐吉、これでお前を助けた甲斐《かい》があったってもんだ」

半次は喜んだ。

「旦那、おすみは……」

伊佐吉は恐る恐る尋ねた。

「お前を殺めたと思い込み、身を投げようとしたが、どうにか止めたよ」

「身投げを……」

「伊佐吉、そこで相談だ」

「相談……」

「この三行半《みくだりはん》に名前を書いて爪印《つめいん》を押しちゃあくれないか」

「三行半……」

「うん。これだ……」

半兵衛は、懐から離縁状を出して伊佐吉に差し出した。

離縁状にはすでにおすみ宛ての文面が三行半に亘《わた》って書かれており、後は伊佐吉の名と爪印が押されれば良い状態になっていた。

伊佐吉は、離縁状を呆然と見つめた。

「伊佐吉、おすみとはもう一緒に暮らせはしまい。おすみにしてもそいつは同じだ。ここは別れるしかないだろう」

「はい……」

伊佐吉は頷いた。

「よし。じゃあ半次、硯《すずり》と筆を持って来てくれ」

半兵衛は離縁状を広げ、伊佐吉に名を書かせて爪印を押させた。

おすみが亭主の伊佐吉を刺した一件は、事件にはならずに終わった。

伊佐吉は、小川良哲の計らいで小石川養生所に引き取られた。


「ひゃっこい、ひゃっこい……」

神田川には、水売りの売り声が長閑《のどか》に響いていた。

柳橋の船宿『笹舟』は、夜の舟遊びの仕度に忙しかった。

大川からの微風は、座敷を涼やかに吹き抜けていた。

おすみは鶴次郎に付き添われ、緊張した面持ちで半兵衛の前に座っていた。

柳橋の弥平次と半次、そして『笹舟』の女将のおまきが控えていた。

半兵衛は、伊佐吉がおすみをお上に訴えず、何事も穏便にすませると約束した事を告げた。

おすみは、驚いたように半兵衛を見つめた。

「本当ですか、旦那」

鶴次郎は声を弾ませた。

「うん。誤って自分で自分の腹を刺したと云って養生所に行ったよ」

「そうですか。良かったな義姉さん」

「はい……」

おすみの眼に涙が溢れた。

「これで、お前さんは綺麗な身だ」

半兵衛は優しく告げた。

おすみは、半兵衛に深々と頭を下げた。その目から涙が零れ落ちた。

「それから、余計な真似をしたかも知れないが、こいつを渡しておくよ」

半兵衛は、おすみに離縁状を差し出した。

おすみは戸惑った。

「義姉さん……」

鶴次郎はおすみを促した。

おすみは、差し出された離縁状を手に取って開いた。

「これは……」

「伊佐吉がお前さんに宛てた三行半、離縁状だよ」

「離縁状……」

おすみは驚いた。

離縁状は、簡単な離婚理由と再婚許可を三行半で書き記したものだ。

「旦那……」

鶴次郎は、思わずおすみが手にした離縁状を覗き込んだ。

「旦那が伊佐吉に書かせたんだよ」

半次は笑った。

「おすみ、これで伊佐吉との縁は何もかも切れたよ」

半兵衛は微笑んだ。

「良かったじゃあないかおすみさん。生まれ変わって幸せになるんだ」

弥平次は笑った。

「そうですよおすみさん。まだまだ若いんですから幾らでも幸せになれますよ」

おまきは、おすみを励ました。

「親分さん、女将さん……」

おすみは、込み上げる涙に声を詰まらせた。

「おまき、こいつはめでたい。祝いの酒を仕度しな」

「そうだねお前さん。今日は新しいおすみさんの生まれた日だものね」

おまきは、娘のお糸の名を呼びながら賑やかに座敷を出て行った。

「おすみ、柳橋の親分や女将さんの云う通りだ。新しく生まれ変わり、今度こそ幸せになるんだ」

半兵衛は笑った。

「白縫さま、何から何まで……」

「おすみ、礼ならお前さんを一番心配した鶴次郎に云うんだね」

「旦那……」

鶴次郎は慌てた。

「鶴次郎さん、いろいろありがとう」

おすみは、手をついて鶴次郎に頭を下げた。

「義姉さん、手をあげて下さい」

「義姉さんだなんて昔の話。それなのに本当にありがとう……」

おすみは、声を詰まらせて泣き伏した。鶴次郎は勿論《もちろん》、半兵衛と半次、そして弥平次とおまき夫婦たちの優しさに泣いた。

鶴次郎は、目を潤ませて鼻水を啜った。

おすみは泣き続けた。

大川から吹き抜ける風は、泣き伏しているおすみの後れ毛を優しく揺らした。

柳橋の船宿『笹舟』を出た半兵衛と半次は、両国広小路を抜けて八丁堀北島町の組屋敷に向かった。

「旦那。おすみさん、笹舟の女将さんの口利きで、日本橋は数寄屋町の呉服屋に奉公するそうですよ」

「ほう。文吉のいる宇田川町に近いし、そいつはいいじゃあないか」

「はい。それにしても旦那、まるく収まって良かったですね」

「半次、世の中には私たちが知らん顔をした方がいい事がある。おすみと伊佐吉の事は忘れてやるんだね」

半兵衛は小さく笑った。

「ええ。それにしても旦那、ひょっとしたら鶴次郎の奴、おすみさんに惚れているんじゃあないですかね」

半次はそう睨んだ。

「惚れている……」

半兵衛は眉をひそめた。

「ええ。そいつもずっと昔から……」

「亡くなった兄貴の女房だった頃からか……」

「きっと……」

「何故、そう思うんだい」

「今度の一件、鶴次郎は誰よりも早く知って旦那に報せましたが、どうやって知ったんでしょうね」

「鶴次郎、時々おすみの様子を見に行っていたと云うのかい」

半兵衛は読んだ。

「違いますかね」

「そうかも知れないな……」

半兵衛は苦笑した。

鶴次郎が死んだ兄貴の元女房に惚れていても不思議はないし、悪い事でもない。半兵衛はそう思いながら浜町河岸を進み、堀に架かる千鳥橋《ちどりばし》を渡った。

「旦那、半次……」

鶴次郎が、半兵衛と半次を追って駆け寄って来た。

「半次、鶴次郎の一件も知らん顔の半兵衛を決め込むよ」

「合点です」

半次は笑った。

「あっしも一緒に帰りますよ」

鶴次郎は明るく笑い、緋牡丹《ひぼたん》の絵柄の派手な半纏《はんてん》を翻して駆け寄って来る。

半兵衛は、笑顔で鶴次郎を待った。

浜町堀から水鳥が、水飛沫をあげて飛び立った。水飛沫は日差しを受けて涼しげに煌めいた。

この作品は双葉文庫のために書き下ろされました。

双葉文庫

ふ-16-12

知《し》らぬが半兵衛手控帖《はんべえてびかえちょう》
迷《まよ》い猫《ねこ》

2010年5月16日　第1刷発行

【著者】
藤井邦夫《ふじいくにお》

【発行者】
赤坂了生
【発行所】
株式会社双葉社
〒162-8540 東京都新宿区東五軒町3番28号
［電話］03-5261-4818(営業)　03-5261-4833(編集)
http://www.futabasha.co.jp/
(双葉社の書籍・コミックが買えます)
【印刷所】
株式会社亨有堂印刷所
【製本所】
株式会社若林製本工場

【表紙・扉絵】南伸坊
【フォーマット・デザイン】日下潤一
【フォーマットデジタル印字】飯塚隆士

ISBN978-4-575-66443-0 C0193
Printed in Japan